응급실에 있는 나라고 모든 죽음을 볼 수 있는 것은 아니다. 응급실에는 생존 가능성이 있었던 망자가 찾아오지만, 오래된 고독사나 불에 완전히 탄 사체처럼 사망이 확정적이면 장례식장으로 바로 간다. 그곳은 그야말로 모든 죽음과 또다른 사연이 모이는 곳이다. 그 이유로 나는 늘 장례식장이 궁금했고, 나를 거쳐간 후일담 또한 궁금했다. 그녀는 망자의 영혼이 아직 세상에 남아 있는 3일간 유가족과 지내는 장례지도사다. 그녀는 나조차도 몰랐던 죽음의 뒷얘기를 하염없이 풀어놓는다. 그 일대기에 마음이 아릿해진다. 역시 죽음이란 슬프지 않은 것이 없다. 역시 필멸이 필연인 우리에게 죽음이란 늘 실존의 의문부호다. 매일 죽음을 목격하는 나부터 그렇게 느꼈다. 우리는 그녀에게 들어야 할 이야기가 너무나도 많다.

_남궁인 교수(응급의학과 의사, 『만약은 없다』 저자)

모든 좋은 날들도, 슬픈 날들도 결국 흘러가고 만다. 속절없이 흐르는 시간이 눈가에 무겁게 드리워질 무렵. 그때의 나는 어떤 삶을 살아가고 있을 것인지 묵상하게 만드는 책. 이 별에서 겪는 수많은 이별들. 그 불가피한 고독 앞에 기꺼이 무릎을 꿇고 상처를 어루만진다. 온기를 품은 그녀만의 따스한 통찰이 돋보인다.

_문진욱 교수(성심의료재단 강동성심병원 호흡기-알레르기내과)

종교를 떠나 죽음만큼 인생의 진리를 더없이 확실하게 보여주는 것
이 있을까. 숨가쁘게 바쁜 일상을 살아내는 일만큼이나 떠난 이들에
대한 애도 또한 애처롭기 그지없다. 저자가 전하는 진심 어린 위로는
가문 땅에 단비 내리듯, 까슬하게 메마른 가슴에 아스라이 스며든다.
이 책은 선종하신 분들 곁에서 조용히 삶을 성찰할 기회를 선사한다.

_박상수 신부(학교법인 가톨릭학원 사업관리실장)

죽음을 기획한다는 콘셉트로 '사전장례기획사'를 경영한 지 14년이
되었습니다. '죽어감'은 당혹스럽고, 죽음의 순간은 여전히 익숙하지
않습니다. 긴 시간, 죽음과 동행하면서 '어떻게 살 것인가'라는 물음
이 삶의 화두가 되었습니다. 질문이 바뀌자 시선이 바뀌기 시작했습
니다. 스치는 바람, 관계하는 사람, 따뜻한 햇살, 알알이 익어가는 논
밭에 시간과 존재의 의미가 영글어갔습니다. 사라지는 것에 대한 아
쉬움과, 다가올 것에 대한 기대감이 교차했습니다. 삶이 저에게 선물
처럼 다가왔습니다. 저자의 원고를 통해 죽음의 이면에 감춰져 있던
삶의 이야기들을 만날 수 있었습니다. 우리가 보는 것은 죽음이 아니
라 주검입니다. 주검에는 떠난 이의 삶이 빼곡히 기록되어 있습니다.
아프고, 슬프고, 때론 웃음 짓게 만드는 이 이야기들이 지금까지 본
적 없는 죽음에 대한 새로운 시선을 던질 것입니다. 독자의 삶을 일깨
우는 아름다운 선물이 될 것입니다.

_이정훈 대표(중앙의전기획)

이
별
에
서
의

이
별

이 별에서의 　 이별

양수진 지음

장례지도사가 본 삶의 마지막 순간들

싱긋

차 례

• 이 책은 『이 별에서의 이별』(2018) 재출간 도서이다.

살다
그리고 사라지다

우리에겐 잘 사는 것만큼 잘 죽는 것에 대한 갈망이 있다. 그러나 대개 죽음은 당장에 나와 상관없는 일이라 생각한다. 길모퉁이 풀이 자라고 시드는 것을 무심히 바라보면서 나 또한 그럴 것이라는 사실은 간과한다. 그래도 우리는 분명히 알고 있다. 생명이 있는 존재는 예외 없이 죽기 마련이라는 사실을. 그 지극히 본능적인 물음을 인정해야 한다. 죽음을 미리 떠올린다는 것은 삶에 대한 회의가 아니다. 그것은 현재를 더욱 의미 있게 만들 수 있는 지름길이다.

나는 사랑하는 이와의 이별이 아름다울 수 있도록 죽음 이후 3일간의 예식을 곁에서 돕는 사람이다. 숨이 끊어진 이후의 순간들을 마주하다보니 삶을 바라보는 시각이 완전히 바뀌었다. 지위의 높고 낮음, 재산의 규모와 관계없이 죽음 앞에선 모두가 평등하다. 좋은 옷과 멋진 외모 그리고 값비싼 물건도 주검 앞에선 빛을 발할 수 없다. 그렇다면 마침내 무엇이 남는가. 그 고민을 거듭한 결과 나는 점차 내 삶과 죽음의 주체가 되어가고 있었다.

과거로의 여행은 미래로의 여행보다 아득했다. 선뜻 지나간 시간들 속으로 발걸음을 옮기는 것이 쉽지만은 않았다. 당시에는 설익은 마음으로 감당하기 힘든 슬픔의 무게를 극복해보려 몸부림을 쳤다. 밀려오는 상실감과 단절의 공포를 애써 외면하고, 아무렇지 않다는 듯 실없는 농담이나 주고받았다. 그러나 마음 한구석엔 그들의 눈물과 사연 그리고 감사가 초봄 녘 미처 녹지 못한 눈처럼 고스란히 남아 있었다. 시간이 지나 자취 없이 녹아버리기 전에 기억 속 빛바랜 서고에서 한 권 한 권 꺼내보려 한다.

묵혀놓았던 황망하고 피로운 감정들을 다시 꺼내 보는 일에는 적지 않은 용기가 필요했다. 피부에 상처가 나면 그 위에 새살이 돋더라도 다친 적 없는 살보단 연약하다. 그래도 그럴 만한 가치가 있다면 나는 다시금 아파할 자신이 있다. 언젠간 다시 아물어갈 것이라는 굳은 믿음도 있다.

나의 상처만이 아닌 많은 이들의 임종과 사별, 그리고 그

안에서 피어나는 한줄기 희망을 소박하게 종이 위에 그리려 한다. 누군가의 아련한 삶의 조각들이 세상 바깥으로 사그라지기 전에 작은 숨을 불어넣고 싶다. 사실 직접 모신 분들의 이야기를 지면에 옮겨내는 일이 혹여 누가 되진 않을까 걱정이 앞선다. 하지만 그 기억들은 혼자만 담아두기엔 너무나 고귀한 가르침이다. 때론 초라하고 무심한 듯 보여도 가만가만 만져보면 그곳에는 당신과 나의 인생이 있다.

평온한 마음으로 여유 있게 죽음을 맞이하는 것은 뛰어난 사람만이 할 수 있는 일은 아니다. 주어진 시간이 한정되어 있다는 전제하에, 가장 중요한 것이 무엇인지 끊임없이 되새기기만 한다면 누구나 누릴 수 있는 축복이라 생각한다. 밤이 깊을수록 별들이 더욱 선명하게 반짝이듯, 죽음에 대한 명료한 의식이 있을 때에 삶 또한 영롱히 드러난다. 지금 잠시 눈을 감고 스스로에게 물음을 던져보는 것은 어떨까. 살아지다 사라져간다는 것에 대하여.

2018년 5월

양수진

1부

죽는다는 것, 잊힌다는 것

멍을
지우다

우리나라 전통 조문 예법에서 '문상問喪'이란 상주에게 애도의 뜻을 표하며 위문 인사를 드리는 것을 말한다. 돌아가신 분과의 관계에 따라 인사말이 조금씩 다르다. 부모님이 돌아가신 경우에는 '망극罔極'이란 말을 쓴다. 그리고 남편이 사망했을 때는 '천붕지통天崩之痛'(하늘이 무너지는 아픔), 아내가 사망했을 때는 '고분지통鼓盆之痛'(물동이를 두드리며 슬퍼했다는 장자의 고사에서 나온 말), 형제가 사망했을 때는 '할반지통割半之痛'(몸의 절반을 베어내는 아픔)이라는 말로 위로를 건넨다. 가족과의 영원한 이별은 그 어떤 말로도 위로가 되기 어렵지만, 저마다의 입장에서 체감할 수 있는 고통에 대한 다양한 묘사가 담겨 있다. 그런데 자식이 부모에 앞서 죽은 일에는 마땅한 위로의 말이 없다. 그저 끔찍하고 참혹한 광경이라는 '참경慘景'이라는 말로도 한참 부족하다. 이 세상에 존재하는 어떤 언어로도 그 아픔을 표현할 수 없기 때문이 아닐까.

"이 상가는 꼭 네가 입관을 해줘야겠다."

이 말을 건네는 팀장의 표정이 유난히 어둡고 착잡하다. 당시 회사에 여자 장례지도사는 나 혼자뿐이었기에 내가 투입되는 상가는 고인이 여성인 경우가 많았다. 그런데 내가 꼭 가야 되는 상황이란 무엇일까. '여성'이라는 힌트 말고는 도무지 종잡을 수 없었다. 원래 저렇게 말을 아끼는 사람이 아닌데…… 어떤 상가이기에 접수를 받은 팀장이 저렇게 창밖을 보면서 한숨만 내쉴까. 분위기가 너무도 무거워서 더이상 물어보기도 눈치가 보였다.

도착한 빈소는 테이블을 달랑 네 개만 펴놓았는데도 여유 공간이 없을 정도로 좁았다. 고인의 동생이라는 앳된 여성과, 그녀와 결혼을 약속한 남성은 초점 잃은 눈으로 서로 다른 곳을 바라보고 있었다. 일하러 온 직원이라고 인사를 드리기에도 멋쩍은 상황이었다. 머쓱해져서 고개를 돌리려는 그때, 급하게 출근하느라 정신없이 지나쳤던 영정사진이 눈에 들어왔다. 이런! 내 또래의 여성이었다. 실제 나이는 나보다 네 살 많았다. 사인은 자살이다. 30대 초반으로 보이는 사진 속 그녀는 예쁜 미소를 띠고 있었다. 분명 행복한 순간에 사랑하는 이가 포착한 모습일 것이다. 해맑은 그 웃음이 영정사진으로 쓰이게 될 줄 누가 알았을까. 이토록 청초하고 찬란한 나이에 말이다.

"그런데…… 부모님은 어디 계십니까?"

넋이 나간 얼굴로 멍하니 벽을 쳐다보고 있던 동생에게 조심스레 다가가 물었다. 오래전에 이혼하셔서 아버지에게는 소식을 전할 수 없었고, 어머니는 간밤에 집에서 목을 맨 딸을 보자마자 혼절하시어 응급실에서 처치중이라고 했다. 그녀는 어머니가 잠시 후에 있을 입관 때까지는 돌아오실 거라고 힘없이 말했다. 자식 잃은 부모의 심정을 어찌 가늠할 수 있을까. 보통의 상가는 슬픈 와중에도 조문객의 방문으로 분주하기 마련이지만, 갑작스러운 사고사나 자살인 경우에는 알리는 쪽도 찾아오는 쪽도 서로가 마음이 쓰여 대개 빈소가 적막하리만치 조용한 편이다. 때문에 장례지도사도 행동거지에 각별히 주의를 한다. 평소에 유쾌하던 팀장도 오늘따라 굳은 얼굴로 묵묵히 서류만 쳐다보고 있다. 공기는 유독 무겁고, 창으로 드는 날카로운 햇빛이 왠지 서늘해 보인다. 서로의 시간 안에 소용히 머무를 수 있도록 방해를 해서는 안 될 것 같았다.

그녀에게는 결혼까지 생각한 남자가 있었다. 안정된 직업을 가졌고 집안 형편도 꽤 좋은 편인 남자에 비해 그녀의 환경은 좋지 않았다. 허름한 집이 부끄러워 늘 데이트를 마치고 집에 데려다주겠다는 남자친구의 배려를 거절했다고 한다. 둘의 사랑은 점점 깊어졌고 어느덧 그녀는 남자의 집에 찾아가 부모님께 인사를 드리게 되었다. 차에서 내리자마자 눈에 들어온 높은 담장과 위엄 있는 대문 앞에서 어깨가 움츠러들긴 했지만 용기를 내었고, 며칠 후 자기 집으로 그를 초대했다. 고작 경제사정 때문에 그간의 애정이 퇴색될 리는 없다고 생각했기 때문이다. 그런데 남자가 다녀간 후로 연락이 뜸해지기 시작했다. 분명 봄이 오면 꼭 결혼하자며 청혼까지 했던 그인데. 초조한 마음을 부여잡고 하루하루를 간신히 견뎌내고 있는데 하나밖에 없는 여동생이 결혼할 남자를 데려왔다. 동생은 그녀와 다르게 무척이나 행복해 보였다. 머지않아 웨딩드레스를 입을 동생을 진심으로 축하해야 했지만, 감추려해도 스멀스멀 비집고 나오는 상실감과 상대적 박탈감이 그녀를 짓눌렀다. 그녀는 오지 않는 연락을 애타게 기다리다 결국 안타까운 선택을 하고 말았다. 사랑이라 믿었던 남자가 한

순간에 돌아서버린 걸 인정할 수 없었던 것일까. 얼음장 같은 현실을 받아들여야 했지만, 뜨거웠던 지난 시간을 부정하긴 어려웠을 것이다.

자살은 메시지를 담고 있다. 극단적인 선택을 하게끔 내 몬 이들에 대한 원망과 분노를 당사자에게 가장 선명히 전달할 수 있는 절박한 저항 같은. 그녀는 떠나고 남겨진 이들의 가슴에는 그녀가 겪었을 상처와 고통이 문신처럼 새겨졌다. 그 상흔은 한동안 지워지지 않을 것이다.

안치실에 들어가 그녀와 마주했다. 많이 야위고 수척했지만 희고 고운 피부를 지닌 무척 아름다운 아가씨였다. 매일 노인분들만 뵙다가 주름살 하나 없이 매끈한 피부 위에 화장을 하려니 손의 촉감이 굉장히 낯설다. 사진 속 발그레한 볼은 온데간데없고 내 앞의 핏기 없이 창백한 얼굴이 야속하기만 하다. 목을 파고든 짙푸른 멍자국이 유독 창백한 얼굴과 대비된다. 이 한 줄이 그녀가 세상에 남긴 마지막 메시지인 셈일까. 그녀가 쓴 삶의 소설은 이렇게 마무리되었지만 나는 그 멍을 지워나간다. 하얀 피부 위에 극명히 도드라진 검고 파란 흔적을 보자 마음이 서늘하게 저려온다. 화장품을 반 통 넘게 썼는데도 멍은 그 위로 배어나온다. 외로움이 얼마나 깊었으면……. 눈물이 나오려는 찰나, 입 안쪽의 살을 어금니로 질끈

묻었다.

치밀어오르는 애통함을 억누르기 위해 손을 일부러 바쁘게 움직이고 있는데 갑자기 철문이 육중한 소리를 내며 벌컥 열린다. '장례식장 직원들도 고인을 모신 안치실의 문을 저렇게 함부로 열진 않는데, 도대체 누구지?' 하며 뒤돌아보는 순간 정신이 반쯤 나간 중년의 여성이 누군가의 이름을 외치며 고인에게 돌진하듯 달려왔다. 그녀의 어머니였다. '지금은 입관 준비중이니 잠시만 빈소에서 기다려주시면 다시 모셔오겠다'는 팀장의 만류는 조금도 소용이 없었다. 어머니는 딸의 시신 위에 매달리듯 쓰러져 울부짖었다. 옆에서 말릴수록 떨어지지 않으려 더 강하게 딸을 끌어안았다. 하는 수 없이 고인 옆에 의자를 가져다놓고는 서 계시면 힘드니까 앉으시라고 말씀드리니 그제야 겨우 몸을 일으켰다. 의자에 반쯤 걸터앉아 딸의 얼굴을 매만지며 "○○야, 미안하다. 미안해…… 엄마가 못나서 미안해"라고 연신 중얼거렸다. 어머니가 입을 열 때마다 안치실의 소독약 냄새보다 훨씬 독한 술냄새가 확 풍겨왔다. 어느 누구도 이 마당에 맨정신으로 버틸 수는 없을 것이다. 이제 다시는 못 볼 딸의 얼굴을 보물처럼 어루만지는 어머니를 직접 목격하게 되니 이까지 깨물어가며 버텼던 눈물이 속절없이 쏟아졌다.

"형편이 좀 나았더라면 네가 이렇게 안 됐을 텐데. 다 나 때문이다. 나 때문이야. 아까운 내 새끼 어쩔꼬. 아이고, 내 새끼. 너를 어떻게 키웠는데 이렇게 가느냐. 나는 못 보낸다. 못 보내."

주체할 수 없이 흐르는 눈물을 소매로 닦아가며 입관을 진행했다. 고인의 발을 닦아드리는데 발가락에 쇠로 된 나사 같은 것들이 잔뜩 박혀 있었다. 가족들에게 묻자 무지외반증을 고치기 위한 수술을 받고 회복이 거의 다 된 상태였는데 그렇게 떠났다며 말끝을 흐렸다. 그렇게 힘든 수술까지 하고 게다가 다 아물기까지 했는데 이렇게 허무하게 간단 말인가. 속상한 마음에 고인에게 마음속으로 조용히 말을 걸었다.

'언니. 예쁜 신발 신고 더 멋진 남자 만나서 데이트도 하고 여행도 가지. 뭐하러 그렇게 급히 가셨어요. 언니도 더 좋은 날 만나려고 이렇게 고생스러운 수술까지 했으면서. 조금만 견디면 되는데 왜 그랬어요. 더 예쁜 신발 신겨드려야 하는데, 이렇게 습신밖에 못 신겨드려 미안해요.'

옆에서 지켜보던 동생의 눈에도 눈물이 고였다. 남겨진 가족은 앞으로 얼마나 무겁고 큰 짐을 짊어지고 살아가야 할까. 자살이 비극인 이유는 한 생을 마감한다는 의미로 그치지 않기 때문이다. 그것은 충동적인 의사결정일 수도 있고, 오랜 고민 끝에 내린 자신만의 결단일 수도 있다. 여기에 옳고 그름의 문제는 없다. 다만 남겨진 가족의 황폐한 우울을 헤아리기 힘들 뿐이다.

퉁퉁 부은 눈을 하고 퇴근하기 전, 장례식장 사무실에 들러 인사를 드리고 나오는데 벽에 붙은 장례 현황판이 보였다. 어느 고인의 나이를 적는 칸에 '20'이라는 숫자가 눈에 띈다. 40대의 나이에 돌아가신 분들을 봐도 당황스럽고 30대의 나이도 안타까운데 20대라니. 혹시 지병이 있던 분이냐고 직원에게 물었더니 여자친구와 헤어졌다는 이유로 한강 다리에서 투신을 했단다. 또다시 안타까운 마음이 복받치다가 이제는 화가 치밀어오른다.

칼바람 부는 겨울. 얼음장 같은 물구덩이 속으로 몸을 내던진 그에게 화가 났다. 나는 이리도 살기에 급급한데, 당신은 그토록 용감하게 세상의 저편으로 옮겨간단 말인가. 죽을 용기로 살지. 조금만 더 살아보지. 꽃 같은 나이에.

새끼 잃은 어미의 처절한 절규 소리가 지천에 울린다. 장례식장의 온 벽에서 쩌렁쩌렁 튕겨나가 천년 동안 비바람에 갈리고 갈린 날카로운 돌멩이가 되어 심장에 박힌다.

저 어미는 어찌 살라고.

장례가 끝나면 집에 돌아가 발길 없는 아들의 방을 꼭 짜 놓은 걸레로 구석구석 닦겠지.

그러다 방구석 어디엔가 젖은 창호지처럼 널브러져 한참 을 숨죽여 울겠지.

저 어미는 어찌 살아가라고.

필멸이
필연이라지만

검찰청에서 분류하는 '5대 강력범죄'란 폭력, 흉악사범, 성폭력, 약취·유인, 방화이다. 형법상의 범죄 분류체계를 봐도 강력범죄를 두 가지로 나누는데 '흉악'과 '폭력'이다. 이중 흉악에 해당하는 범죄가 살인, 강도, 방화, 강간이다. 단어만 들어도 소름이 끼치고 오금이 저리기 그지없다. 모든 범죄가 다 끔찍하지만 살인과 강도, 강간은 범죄가 이루어지는 시점에서는 한두 명을 대상으로 삼지만, 방화는 한순간의 불로 불특정 다수가 동시에 피해를 볼 수 있기에 굉장히 위험한 범죄라 생각한다.

사실 이 대목을 글로 쓰는 것에 대해 몹시 고민했다. 참혹

했던 광경을 기억 속에서 다시 끄집어낼 자신이 선뜻 생기지 않았다. 단순히 슬프고 가슴이 아프다는 감정을 넘어서, 삶 자체가 무채색이 되어버리는 기분이었다. 대낮의 찬란한 햇빛이 사치라 여겨질 만큼, 지나가며 웃고 떠드는 사람들이 이질적으로 느껴질 만큼 이 상가를 치르고 한동안은 우울 속에 빠졌다. 장례를 업으로 삼으며 사람은 누구나 한 번 죽고, 누구나 가까운 사람의 죽음을 마주한다는 단순한 이치를 아주 잘 알고 있다. 그러나 만약 입장을 바꿔 내가 이와 같이 죽임을 당한다면, 혹은 사랑하는 이의 죽음이 이와 같다고 생각하면 자다가도 몸서리가 쳐진다. 다시는 이런 사건이 없었으면 하는 착잡한 마음으로 이 글을 쓴다.

대학에 갓 입학한 외동딸을 둔 부부가 새로운 보금자리를 마련해 이사를 했다. 착실하게 공부만 하던 딸이 원하는 대학에 합격했고, 알뜰살뜰 검소하게 살림을 꾸려나간 덕분에 처음으로 온전한 내 집을 마련했다. 삶에 훈풍이 불어오는 듯했고 이제 행복해질 일만 남은 것 같았다. 그 일이 벌어지기 전까지는.

어제 이사를 와서 아직 풀지 못한 이삿짐 박스가 거실에 쌓여 있다. 아직은 낯선 잠자리에 이불만 간신히 펴고 뒤척이며 잤는지 삭신이 쑤셔온다. 그래도 어머니는 눈뜨자마자 분주하게 쓸고 닦으며 살림살이를 정돈한다. 첫 방학을 맞은 딸도 곁에서 한 손 거든히 돕는다. "우리 이제 이사 안 다녀도 되는 거야?" 딸아이의 들뜬 소리에 엄마는 얼굴 가득 감격이 서린 미소를 짓는다. "가족사진은 어디다 걸까?" 하는 아버지의 말에 어머니는 "이쪽. 아니 좀더 오른쪽. 아니 조금만 더" 하며 엉거주춤한 자세로 안절부절못한다. 여느 가족처럼 화기애애한 웃음꽃을 피우고 있는데 갑자기 펑 하고 폭발음이 나더니 아래층에서 사람들의 비명소리가 울려퍼진다. "이게 무슨 소리야?" 눈이 휘둥그레진 아버지가 현관문을 열고 나선다.

무언가 타고 있는지 매캐한 냄새가 코를 찌른다. 아랫집에서 우지끈 쿵쾅 때려 부수는 소리가 나서 무슨 일인지 궁금한 아버지는 계단을 내려간다. "으악!" 그의 외마디 비명을 듣고 딸아이가 젊고 날렵한 몸으로 빠르게 소리를 쫓아 발길을 옮긴다. 화마의 습격으로 순식간에 생지옥이 된 아래층의 불길이 먹이를 찾아 돌진하는 괴물처럼 계단을 휘감고 올라온다. "아빠. 어디 있어! 아빠!" 큰 목소리로 외쳐도 아버지가 보이지 않는다. 걷잡을 수 없이 몸집이 거대해진 불덩이가 애타게 아버지를 찾는 딸아이의 여린 몸까지 삼켜버렸다.

부엌에서 접시를 정리하던 어머니가 방금 전까지 왁자지껄하던 가족들의 인기척이 들리지 않아 거실로 가보니 현관에 희뿌연 연기가 고여 있다. "어머. 이게 뭐야. 여보? 희정아!"
문밖을 나서니 이미 검은 연기가 들어차서 한 치 앞도 분간할
수 없다. 엄마는 본능적으로 옥상을 향해 뛰었다. 남편과 아이
가 저 일렁거리는 불길과 유독가스를 뚫고 밑으로 내려갔을
거라고는 생각할 수 없었다. 숨이 턱밑까지 차오르지만 옥상
에만 당도하면 가족들을 만날 수 있을 줄 알았다. 그런데…….

겁에 질린 표정으로 옥상에 올라 다른 주민들 사이를 헤
집고 또 뒤져도 딸아이와 남편을 찾을 수 없다. 애간장이 녹는
다는 게 이런 느낌일까. 속은 바짝 타들어가고 다리가 후들거
려 서 있기조차 힘들다. 이대로 기다리고만 있을 수 없다. 넋
이 나간 어머니가 시커먼 입김을 내뿜는 계단으로 몸을 던지
려는 찰나, 동네 주민들이 몸으로 만류한다.

"아이고 아주머니. 지금 저기로 못 내려가요. 저도 내려
가려다가 숨도 못 쉬고 다시 왔다고요."

"안 돼요. 우리 아이, 우리 남편이 저기 있다고! 이거 놔
요! 나 저기 가야 돼요! 가야 된다고. 이거 놔!"

덩치 큰 주민의 완력을 이기지 못한 채 짐승이 포효하듯
울부짖으며 발만 동동 구른다. 저 멀리서 구급차의 사이렌 소
리가 희미하게 들려온다. '그래. 나보다 먼저 무사히 내려가서

기다리고 있을지도 몰라. 그럴 거야. 꼭 그럴 거야' 하며 힘없이 주저앉아 일말의 희망을 가져본다. 그러나 왜 하늘은 유독 이 가족에게만 무심했던 것일까. 어머니의 한 가닥 희망은 타고 남은 재처럼 차가운 바닥에 버려졌다.

이 가족이 이사 온 집의 바로 아래층에 사는 부부가 싸움을 하다가 그만 홧김에 불을 질렀던 모양이다. 불행히도 인재人災였던 것이다. 어떤 이유로 싸우게 되어 불을 지른 것인지는 알 수 없지만, 무심코 내지른 성난 손길이 돌이킬 수 없는 비극을 낳고 말았다. 정작 불을 지른 부부는 무사히 사고 현장에서 탈출했다고 한다. 화마는 엉뚱한 가족을 향했다. 설레는 마음으로 둥지를 튼 지 채 하루도 안 된 가족에게 말이다.

가족들 중 유일하게 다치지 않은 어머니가 금지옥엽 외동딸의 장례를 치르기 위해 홀로 빈소에 앉아 있다. 아버지는 중태에 빠져 중환자실에 입원중이다. 친척들은 먼 곳에 살아 지금 서둘러 올라오고 있다고 했다. 꽃 한 송이 없이 허전하게 놓인 딸의 영정사진을 물끄러미 바라보는 어머니의 심경이 어떠할지 감히 어림잡을 수 없다. 목 놓아 오열할 힘도 없다. 느닷없는 딸의 죽음과, 병상에서 사경을 헤매는 남편의 모습을 차마 현실로 받아들일 수 없다. 지독한 악몽을 꾸듯 빨리 깨어나길 기도하는 심정으로 멍하니 앉아 있다. 움푹 파인 눈가는 눈물의 흔적을 찾을 수도 없을 만큼 메말라 있고 손대면 금세 바스러져버릴 것 같다. 어머니의 몸 상태도 위태로워 보인다.

안치실에서 딸의 시신을 만났을 때의 참혹함은 말로 다 표현하기 힘들 정도이다. 계단에서의 사투가 눈앞에 그려지듯 팔과 다리의 관절이 직각으로 구부러져 그대로 굳어버렸다. 아마도 사나운 불길에 맞서 계단을 팔로 짚고 엎드려 숨을 거두었을 것이다. 형상이 사람이라는 것 외에 그녀임을 확인할 수 있을 만한 피부와 머리카락, 이목구비 생김새는 전혀 남아 있지 않았다. 현장의 아비규환을 그대로 옮겨온 자극적인 냄새가 코를 찌른다. 현장을 잿더미로 만든 맹렬한 열기 때문인지 신체 대부분은 타버렸고, 그나마 온전한 일부는 조직 내 노란 지방층을 훤히 드러내고 있었다. 장갑을 끼고 수의를 입혀드리기 위해 고인의 팔을 만지니 손길이 닿는 부위마다 새카맣게 덮여 있던 피부가 조각조각 가루가 되어 우수수 떨어졌다. 마치 내 살갗이 벗겨져나가는 것 같은 아픔이 전해져 미간이 찌푸려졌다. 피부를 더이상 상하게 할 수 없어 흰 천으로 시신 전체를 겹겹이 둘러 감았지만, 고통 섞인 핏빛 그을음이 직물 위로 배어나와 밖으로 미끄러지듯 흘러내렸다. 얼굴을 알아볼 수 없을 정도로 눈과 코가 심하게 훼손되었음에도 그녀의 입은 계속해서 비명을 지르는 것처럼 벌어져 있었다. 귓가에 살려달라는 간절한 외침이 메아리치는 것 같아 고개를 좌우로 흔들어대며 환청을 떨쳐보려 했다. 어쩌면 나 또한 어머니처럼 현실을 부정하고 싶은 것이리라. 제발 누군가 이건 꿈이라고, 눈을 감았다 뜨면 모든 게 원래대로 돌아올 것이라고 말해줬으면 했다.

그러나 매서운 현실은 등을 돌리고 외면해도 기어이 몸을 구렁텅이로 잡아끈다. 견디기 힘들 만큼 속이 문드러져도 나는 눈앞에 산적한 일을 해결해야 한다. 간신히 수의를 입히고 이제 고인을 관에 모셔야 하는데, 허공을 향해 기묘한 자세로 굳은 팔다리가 또다시 어둠 속에 홀로 남는 것을 거부하듯 관의 천판(관 덮개)을 밀어내고 있다. 억지로 사지를 바르게 폈다간 되레 부러질 것 같아 조마조마하다. 어쩔 수 없이 더 큰 관으로 교체하여 빈 공간에는 고인을 위로하는 마음을 담아 꽃 장식을 해드렸다. 몇 송이의 꽃으로 비참함을 달래기엔 역부족이지만, 미세한 꽃향기가 그녀의 몸에 깊게 배어든 탄 냄새를 잠시나마 어르듯 잠재웠다. 하지만 이대로 화장장에 가서 한 번 더 몸서리쳐야 할 내일이 너무나 애달프다.

어머니는 봄날 꽃밭 위에 이불을 덮고 잠든 딸을 만나러 입관실에 왔다. 그러나 애석하게도 딸의 손끝 하나 볼 수도, 만질 수도 없다. 얼굴도 삼베 천으로 전부 가려놓아 그저 관 속에 누운 사람이 딸일 거라고 믿는 수밖에. 어머니는 왜 딸의 몸을 전부 가려냈냐고 묻지 않는다. 나도 애써 설명하지 않는다. 숨을 내뱉는 것조차 힘겨운 이 공간에는 어떻게든 견디어보려는 사람들만 애처롭게 남아 있다. 아무런 눈물도 말도 없이, 홀로 살아남은 것이 한스러운 어머니는 5분 남짓 가만히 바라보다 빈소로 돌아갔다. 혹여나 쓰러지시진 않을까 걱정되어 마음을 졸였지만, 얼마 남지 않은 기력을 간신히 부여잡고 소리 없는 마지막 인사를 나누셨다. 마음속으로 무슨 말을 건넸을까. 아무 말도 할 수 없었을까. 돌아서는 굽은 어깨 위로 쓸쓸함이 무겁게 내려앉았다.

어머니는 장례가 끝나도 돌아갈 집이 없다. 아마도 넝마가 된 몸을 이끌고 중환자인 남편의 병실 앞에서 뜬눈으로 밤을 새울 것이다. 의식이 돌아오면 가장 먼저 딸은 어디 있냐고 물어올 그에게 뭐라 대답을 해야 할지. 아니면 그마저도 영영 눈을 뜨지 못한 채 떠나버리면 남은 생을 혼자 어떻게 살아가야 할지. 이따금 삶이라는 것이 이토록 잔인할 수 있을까 싶었다. 온갖 죽음의 변주 앞에서 의연해져야 한다고 다짐했건만, 이때만큼은 쉽게 마음을 다잡을 수 없었다. 인생이 아름답다는 말은 세상의 단면만 보고 섣불리 내뱉은 말이라는 생각이 들었다. 눈부시도록 아름다운 생의 곳곳에는 지옥의 틈새가 도사리고 있음을……. 원치 않아도 모든 생명은 죽음의 우연성이 느닷없이 자신을 범할 때 무릎을 꿇을 수밖에 없음을 인정해야 했다.

아무리 필멸이 필연이라는 것을 머리로 인정해도 그것만으로는 가슴의 고통이 덜어지지 않는다.

되뇔수록 인간은 죽음 앞에 한없이 나약하고 무력한 존재임을 깊이 깨닫게 될 뿐이었다.

고독이라는 게
너무도 지독하다

"너 지금 출동해야겠다. 그런데 좀 각오는 해야 될 거다."

"왜요? 무슨 문제가 있나요?"

"아니. 그런 게 아니고……. 일주일 만에 발견됐단다. 아무리 겨울이라도 전기장판 위에 있었기 때문에 상태가 안 좋을 거야. 장갑이랑 마스크 단단히 챙겨가고. 고생 좀 해라."

단칸방에 거주하던 50대 남성이 사망한 지 일주일 만에 발견되었다. 이상한 냄새가 난다는 이웃 주민의 신고를 받고 경찰과 관리인이 문을 따고 들어가보니 사람이 죽어 있었다. 경찰이 인적사항을 조회한 끝에 겨우 형제 한 분에게 연락이 닿았다. 부패한 시신을 모시는 일은 처음이다보니 이날은 유독 긴장이 되었다. 경험이 있는 선배들조차 오랜 시간 방치된 시신을 수습하는 것은 쉽지 않은 일이었다. 아마도 일주일 정도는 밥이 입에 들어가지 않을 것이라며 겁을 주었다. 그러나 어쩌겠는가. 두려워도 피할 수 없는 일이다. 1월의 엄동설한. 손아귀에 땀이 뱄다.

방문을 열고 들어서는 순간 지독한 냄새가 코를 덮쳤다. 쪽창으로 비스듬히 들어온 햇살이 어둑한 방 한구석에 누워 있는 시체 위를 쓰다듬듯 하늘거리고 있었다. 한손으로 코를 막고 겨우 한 걸음 다가서니 그제야 육체가 눈에 들어왔다. 살은 썩어 흐물흐물한 상태였고, 두 눈은 움푹 들어가 그 속에 깊은 어둠이 담겼다. 신체조직 중 온전히 남아 있는 것은 하나도 없어 보였다.

빈소는 조촐하게 마련됐다. 직업도 친구도 없던 고인인지라 명복을 빌어줄 조문객도 없었다. 큰 형과 작은 형 내외분만 작은 빈소에 모여 장례를 의논했다. 그야말로 '고독사'였다. 고독사란 임종을 지켜주는 사람 없이 혼자서 사망하는 것을 말한다. 1990년대 이후 일본에서 '나 홀로 죽음'이 급증하면서 생긴 신조어다. 비슷한 개념으로 '무연고 사망'이 있긴하지만, 고인은 형제라도 자리해주었으니 법적으로 연고가 없는 것은 아니다.

고독사의 원인은 다양하다. 집안 형편이 쪼들려 더이상 가정을 유지하지 못하고 결국 혼자가 되거나, 이혼이 늘고 비혼 풍조가 퍼지면서 홀로 되는 사람들도 많다. 고독하게 죽었다고 해서 어딘가 이상하거나 특이한 사람은 아니다. 흔히 주변에서 볼 수 있는 평범한 우리의 이웃들이다. 그저 남들과의 왕래가 적어 지병이 있거나 위독한 상태에서도 연락이 닿지 않아서 늦게 발견되는 사례가 많다. 여름철엔 부패가 빨라서 조기에 발견될 확률이 높지만, 겨울철에는 다들 문을 꼭꼭 걸어 잠그고 지내기 때문에 상대적으로 늦게 발견되는 편이다. 이번처럼 켜놓은 전기장판 위에서 사망하게 되면 그야말로 최악의 상태인 채로 대면하게 된다.

이를 꽉 물고 안치실에 들어가니 장례식장 직원이 향을 통째로 꺼내어 손에 쥐고 성화 봉송하듯 불을 붙였다. 불꽃이 일자마자 순식간에 강한 향내에 머리가 지끈거렸다. 보통 향은 영정 앞에서나 한 개씩 집어 피우지만, 살과 장기가 썩어가는 냄새를 견디기 위해서는 이렇게라도 해야만 한다.

평소 고인을 안치 시설에 모실 때에는 흰 이불을 덮어드리는데, 이분의 몸은 검정 비닐에 꼼꼼히도 싸여 있었다. 그러나 밀봉하려던 노력이 무색하게도 시취는 이미 그 공간을 점령하고 있었다. 마스크를 두 겹으로 썼지만 무용지물이었다. 이대로 비닐을 걷어내야 한다고 생각하니 강렬한 두려움이 몰아쳤다. 그래도 정해진 시간 내에 고인을 모셔야만 했다. 손 끝을 떨면서 겨우 비닐 끝자락을 잡았다. 그때 선배가 잠깐 기다리라는 수신호를 보내왔다.

"왜요? 걷으면 안 되나요?"
"조심해. 구더기가 쏟아질 수 있어."
"······네?"

순간 머리카락이 꼿꼿하게 일어서는 듯했다. 도망이라도 치고 싶었지만 어쩔 수 없었다. 결국 손을 뻗어 머리 쪽 비닐 자락을 조심스레 풀었다. 그리고 난생처음 보는 광경을 마주했다. 살은 온데간데없이 연탄처럼 시커멓게 녹아내렸고, 눈코 입이 있던 자리는 깊이 파여 두개골을 보는 것 같았다. 몸에 난 구멍 사이사이로 꿈틀대며 기어나오던 수백수천 마리의 구더기를 보는 순간 정신을 차리기 힘들 정도였다. 육신이 부패하며 생기는 가스에 의해 파리가 날아들어 알을 낳으면 유충이 생긴다. 알은 대략 열두 시간이 지나면 몸속에서 부화하며, 태어난 구더기는 즉시 시체의 조직을 먹기 시작한다. 누런색 구더기의 격한 몸부림이 검게 변한 피부 위로 극명하게 돋보였다. 어디서부터 손을 대야 할지. 아니, 손을 댈 수나 있을지 혼란스러웠다.

이 와중에도 선배는 구더기를 가리키며 지금은 크기가 작지만 일주일쯤 더 지나면 먹는 양이 많아져 몸집이 두 배 이상 커진다고 했다. 알려주는 건 고맙지만 딱히 떠올리긴 싫었다. 머릿속에 되살릴수록 불현듯 저들 중 한 마리가 내 피부 위를 헤집고 다닐 것만 같아 어딘가 모르게 가려운 느낌마저 들었다. 한 발 뒤로 물러나 잠시 팔짱을 끼고 고민하던 선배가 미간을 찌푸리며 말했다.

"안 되겠다. 그냥 모셔야겠다."

이미 피부가 녹아버려 손을 댈 수 없는 경우에는 안타깝게도 수의를 입히지 못하고 이불에 싸서 관에 모신다. 하는 수 없이 삼베 천으로 고인의 몸을 감쌌다. 매듭을 묶으면서도 구더기가 틈새로 새어나오진 않을까 마음을 졸였다. 입관을 끝내고 밖으로 나오니 온몸의 모든 힘이 빠져 다리가 풀렸다. 입관은 빠르게 끝났지만 왜 그렇게 지쳤는지. 눈과 코의 고통보다도 고인을 위해 무언가를 해드릴 수 없다는 허탈함이 나를 짓눌렀다. 그 앞에서 나는 한없이 무력한 존재일 뿐이었다.

고독사에 내몰리는 중장년층이 사각지대에 놓여 있다. 1인 가구도 점차 늘고 있다. 가족 구성원이 줄어들고 원룸이 새로운 주거의 대안이 된 지금, 누군가는 사람들의 무관심 속에 매일 죽어간다. 이웃의 사정을 알 길도 없고, 알고 싶어하지도 않는 것이 오늘날 공동체의 현실이다. 실직을 해서 일정한 수입이 없는데다 병까지 얻은 중년이 혼자 살고 있다고 상상해 보자. 공과금을 내지 못해 전기와 가스가 끊기고 관리비와 월세가 밀리면 그제야 누군가 퉁명스럽게 문을 두드릴 것이다. 그러나 그땐 이미 늦었는지도 모른다. 바닥에 널브러진 빈 술병들과 언덕을 이룬 쓰레기 그리고 텅 빈 냉장고 안의 썩은 김치가 그의 외로웠던 삶을 대신 표상할 것이다.

차마 가족이 지켜볼 수 없었던 입관을 마친 후 근심 어린 큰형에게 다가가 조심스레 물었다. 혹시나 형제 말고 다른 인척이 있는 경우에 뒤늦게 도착하여 시신을 보여달라고 할 수도 있고, 특히나 이 경우는 보여드리고 싶어도 청을 들어드릴 수 없기 때문에 더욱 철저히 확인해야만 했다.

"혹시 형제분들 말고 더 오실 가족들이 계신가요? 실례지만 고인분은 미혼이십니까?"

"에휴. 더 올 사람 없어요. 몇 년 전에 이혼했고 아들이 둘 있는데. 안 그래도 연락은 해봤는데…… 안 오겠다고 하네요. 와이프는 그렇다 치고 애들까지도 안 오겠다는데 뭐 어쩌겠어요."

한때는 사랑했던 사람, 그리고 피붙이 아이들까지도 마지막 인사를 나누려 하지 않는 데는 남모르는 사연이 있겠지만, 그는 말을 아꼈다. 한숨을 내쉬며 시선을 피한 채, 오가는 이 없는 창밖만 멍하니 바라보고 있었다.

　　형체를 알아볼 수 없이 뭉그러진 몸뚱이보다, 살이 썩어 들어가는 고약한 냄새보다 더 지독하다.
　　그 고독이라는 게 너무도 지독하다.

다음 생에는
해로할 수 있기를

결혼을 준비하는 과정에서 가장 설레는 일은 아마도 신혼여행 계획이 아닐까. 허례허식의 틀에 박은 예식이 어쩔 수 없는 과정이라면, 신혼여행은 단둘만의 오붓한 시간을 보낼 수 있는 그 정점이라 할 수 있다. 유럽에서는 신혼여행을 꿀에 비유한다. 신혼의 첫 한 달이 꿀처럼 달콤한 때라는 뜻에서 유래했다고 한다. 그런데 이 아름답기만 해야 할 시기에 그만 비극을 맞이한 부부가 있다.

따스한 봄날, 오월의 신랑신부가 된 20대 부부는 결혼식을 마치자마자 비행기에 몸을 실었다. 둘은 대학시절부터 사랑에 빠져 몇 년간의 달달한 연애 끝에 지인들의 축하를 받으며 결혼식을 올렸다. 좋은 직장도 잡고 아담한 집도 구했다. 이제 행복한 가정을 꾸려나갈 일만 남았다. 여행지는 호주로 정했다. 넘실거리는 파도와 곱디고운 새하얀 모래사장에서 서핑을 즐기고 따사로운 햇살 아래 일광욕을 할 생각을 하니 벌써 천국에 온 느낌이었다. 연애를 하던 시절에도 산보다는 바다를 즐겨 찾았다. 바다가 주는 여유와 낭만이 좋았다. 사진으로만 봤던 호주의 유리처럼 투명한 바다에 당장에라도 몸을 던지고 싶었다.

호텔에 도착해서 짐을 풀어놓으니 덩달아 긴장도 같이 풀려 하루는 기절한 듯 잠만 잤다. 다음날 개운한 아침을 맞이한 그들은 그토록 꿈꾸던 바다로 향했다. 청록색 물속은 깊은 곳까지 투명하게 모습을 드러냈다. 그 속의 흰색 산호들은 보석처럼 영롱한 빛을 뿜었다. 평소 수영에 자신 있던 남편은 어서 아내 앞에서 실력을 뽐내고 싶었다. 그는 망설임 없이 초록빛 미지의 세계로 뛰어들었다. 아내는 해변에 남아 손을 흔들어주며 환호했다. 그의 자취가 저멀리 아른거린다. 그런데 카메라를 찾으려고 잠깐 고개를 돌린 새 그의 모습이 보이질 않는다. 어디로 갔을까. 뚫어져라 쳐다봐도 그를 찾을 수 없다. 함박웃음이 가득한 인파 속에서 애타게 불러봐도 대답하는 이 없다. 그렇게 그는 돌아오지 않았다.

물어물어 간신히 신고를 했고, 구조대가 출동했다. 몇 시간쯤 흘렀을까. 바다로 나갔던 구명보트가 육중한 모터 소리를 내며 돌아온다. 이역만리 모래밭에 주저앉아 하염없이 눈물만 흘리던 그녀는 자리를 박차고 일어나 그쪽으로 달렸다. 배 안에 그가 입었던 수영복의 색이 얼핏 보인다. 검은 잠수복을 입은 구조대원들이 남편을 들어 땅에 눕혔다. 그런데 왜 인공호흡을 해주지 않는 거지? 왜 아무것도 안 하고 시선을 피하며 어디론가 전화만 걸고 있는 거야? 우리 남편은 저렇게 힘없이 누워만 있는데. 우리 남편 살려줘. 살려주세요. 외치고 매달려도 묵묵부답이다. 그녀는 신혼여행의 둘째 날. 새신랑의 주검을 맞이해야 했다.

사무실로 전화가 걸려 왔을 때는 이 모든 비극이 일어난 뒤였다. 갓 장가를 보낸 아들이 허망하게 죽었다는 소식을 듣고 그의 부모님은 한달음에 호주로 달려갔다. 그런데 아들을 고국으로 옮기려 하니, 비행기로 이송하기 전에 반드시 시신 방부 처리를 해야 한다는 법규가 있어 시일이 조금 걸렸다. '엠바밍embalming'은 시신의 부패 및 병원균 전파 가능성을 보존제로 차단하여 감염을 막기 위한 조치이다. 시신에 있는 피를 빼내고 혈관에 방부액을 채워넣는 작업이 수반된다. 생때 같은 자식을 잃은 것만으로도 앞이 캄캄한데 몸을 온전히 데려갈 수도 없어 무너진 가슴은 한 번 더 잘게 부서졌다.

가족들은 장례를 고향에서 치르길 원했다. 그런데 외국에서 사망을 하니 수속에 필요한 서류들이 너무도 많았다. 이 서류들을 회사에서 대행해주길 원했다. 경험이 있던 팀장이 나서서 서류를 챙겼다. 현지에서의 사망 진단서와 방부 처리 증명서, 병원에서의 장의 확인서 등 한 뭉치의 종이를 건네받아 공항으로 가 고인을 모셔오기 위한 준비를 마쳤다. 혼인신고는 종이 한 장이면 되는데, 이별을 위한 종이는 잔인하리만치 많았다.

빈소는 이루 말할 수 없이 침통했다. 창창한 나이도 그렇거니와 둘이 떠난 신혼여행에서 한쪽만 살아 돌아왔으니. 아내와 그 부모님들은 죄 없는 죄인이 되어야만 했다. 제대로 고개조차 들 수 없었다. 그럴수록 남편의 가족들은 더 크게 울부짖었다. 어머니는 갈비뼈가 부서져라 주먹으로 가슴을 쳤다. 말릴수록 움직임은 더 거세졌다. 며칠 전 결혼식에 참석했던 친구들은 옷만 바꿔 입고 장례식에 조문을 와야 했다. 다들 믿을 수 없다는 표정이었다. 활짝 웃으며 찍었던 웨딩사진이 흑백의 영정사진으로 둔갑했다. '회자정리會者定離.' 만난 사람은 언젠가는 헤어지기 마련이라는 게 삶의 이치라지만, 이렇게나 서두를 필요가 있는가.

남편이 사무치게 그리운 아내는 자주 찾아가고 싶다며

사는 곳에서 가까운 봉안당으로 모시길 원했지만, 시댁에서
는 우리집 아들이니 고향땅 선산에 묻어야 한다며 완강히 반
대했다. 얼마 전까지만 해도 한 가족이었지만 원치 않게 남이
된 집안의 선산에 아내가 쉽게 방문할 수 있을지 걱정이 됐다.
떠난 사람도, 남아 있는 사람도 모두 슬프다. 죽음이라는 불확
실한 확실성은 인간을 겸손하게도 만들지만, 때로는 비참함
에 몸부림치게 한다. 삶과 죽음의 길은 왜 이렇게 논리와 상식
의 저편에 있는 것인가. 무엇이 이들에게 위로가 될 수 있을는
지. 만약 다음 생이 있다면, 꼭 다시 만나 못다 한 연을 해로할
수 있기를 간절히 기원하는 수밖에……

술이 전한
비보

나는 평소에 술을 즐기는 편이 아니었지만 이 일을 하면서 주
량이 조금 늘었다. 온몸의 근육이 경직되어 뻣뻣한 통증이 밀
려올 때면 한잔 생각이 나곤 한다. 하루의 고된 일과를 마무리
하며 늦은 저녁식사와 함께 한잔 곁들이면 따스한 욕조에 잠
긴 것처럼 이내 몸이 노곤해진다. 가끔 기분이 언짢을 땐 한
잔만 마신다는 게 순식간에 한 병을 비워버리기도 하지만, 다
행히도 아직 정신을 잃을 때까지 마셔본 적은 없다. 적당하면
약이지만 지나치면 독이 되는 게 술이다. 때론 그 독이 사람을
죽음까지 몰고 가기도 하니 말이다.

평소 건강에 문제가 없었던 한 40대 여성이 동네 다리 밑에서 변사체로 발견되었다. 이런 의문의 죽음이 발생하면 가족들은 부검을 요청한다. 신고를 받고 현장에 출동한 경찰 소견으로는 고인의 몸에서 술냄새가 심하게 났다고 했다. 어떻게 다리 밑에서 발견된 건지는 알 수 없지만, 음주를 과하게 한 것만은 확실해졌다. 그녀가 만약 술을 적당히 마셨더라면 삶과의 애석한 이별을 앞당기지 않을 수 있었을까? 일이 이렇게 된 마당에 부질없이 괜한 아쉬운 생각들로 한숨이 새어나왔다.

저녁이 다 돼서야 부검을 마친 시신을 인도받을 수 있었다. 곱슬하게 파마를 한 머리카락과 투명한 손톱 밑에는 진흙과 모래가 끼어 있었다. 부검을 할 때 가볍게 씻어냈겠지만 미세한 곳까지 씻어낼 시간은 없었을 것이다. 사고의 경위와 규모에 따라 다르지만 부검을 하면 대개 전신의 피부를 정해진 방식으로 절개한다. 목 아래부터 발끝까지 일정한 바느질 자국이 한눈에 들어왔다. 언뜻 봐도 꽤 고된 작업이었을 것 같지만 주검을 다루는 엄숙한 손놀림이 고른 자국 위에 고스란히 드러나 있었다. 늘 하던 대로 흰 솜에 알코올을 적셔 발부터 닦기 시작했다. 피부 위로 약간의 압력이 가해질 때마다 절개된 틈 사이로 빨간 피가 울컥 솟았다. 계속 닦는다고 해결될 문제가 아닌 것 같았다. 흙먼지만 닦아내고 온몸을 탈지면으로 돌돌 감쌌다. 도화지에 물감이 번지듯 솜 위로 서서히 붉은 색 꽃이 피어났다.

갑작스러운 비보에 가족들은 슬픔보단 울화가 앞섰다. 워낙 건강한 체질이라 병원 신세 한번 져본 적 없던 아내이자 어머니가 하루아침에 시신으로 발견됐으니 그럴 만도 하다. 아들은 화가 난 표정으로 입관실에 누워 있는 어머니를 보며 고함을 쳤다.

"왜! 도대체 왜! 그놈의 술 때문이지! 술 때문에! 그러게 좀 먹지 말라고 했잖아!"

밀폐된 공간이라 큰 소리는 더욱 증폭되어 쩌렁쩌렁 울렸다. 보다 못한 삼촌이 아들을 완력으로 끌고 나갔다. 창백한 고인에 비해 거멓게 그을린 남편의 얼굴이 한껏 일그러졌다. 술을 즐겼던 아내이지만 이렇게까지 될 줄은 몰랐다. 남편은 자책하고 있었다. 그날 나가지 못하게 했더라면, 차라리 붙들어 놨었더라면. 시공간이 온통 후회와 절망으로 범벅이 되어 고인을 온전히 애도할 틈이 없었다. 단 몇 리터의 차이가 불러온 비극이다. 그녀가 마셨던 술보다 가족들이 앞으로 흘려야 할 눈물이 더 무거울 것이다.

며칠 후 시 외곽에 있는 장례식장으로 일을 나갔다. 30대 남성이 인근 산에서 주검으로 실려 왔다. 실족사라고 했다. 그런데 장례식장 직원의 말로는 술냄새가 확 풍겼다고 한다. 아마도 정상 언저리에서 얼큰히 취해 내려오다 발을 헛디딘 모양이다. 떨어질 때 다리에 큰 충격이 가해졌는지, 그렇게 단단하다는 허벅지의 뼈가 부러져 피부를 뚫고 나왔다. 깊게 벌어진 틈새로 보이는 흰색 뼈가 이질적으로 느껴졌다. 눈에 보여선 안 될 무언가가 운명의 장난으로 모습을 드러낸 것 같았다. 어두운 밤에 산을 내려오는 일은 맨정신으로도 위험한데 어쩌려고 그랬는지. 분명 별거 아니라고, 난 워낙 튼튼하니 아무 일 없을 것이라 호언장담을 하지 않았을까. 술이 가끔은 용기를 북돋아주지만 그 용기가 호기가 되어선 안 된다.

자정이 다 되어가는 시간임에도 남성의 친구로 보이는 사람들이 한달음에 달려왔다. 등산을 혼자 가진 않은 것 같았다. 그들의 얼굴도 한껏 달아올라 있었다. 놀란 가슴에 취기는 이미 저만치 달아났다. 방금 전까지 웃고 떠들던 친구가 죽었다는 공포감과, 그의 죽음을 가족에게 알려야 한다는 두려움으로 가득했다. 보내선 안 될 사람을 보낸 것에 대한 죄책감이 그들을 괴롭혔다. 그곳에는 깊이를 알 수 없는 고통과 북받쳐 오르는 분노, 표정 없는 공허만이 가득했다.

이런 돌연한 상실감에 맞닥뜨릴 때면 죽음의 공포가 입과 코로 들어와 폐 속 깊이 똬리를 틀고 나조차 없애버리지 않을까 무섭다. 죽음은 이미 삶의 순간순간마다 다가와 있는 가능성이다. 벗어나고 싶어도 인간의 힘으론 어쩔 수 없다. 일 끝내고 술 한잔 하러 가자는 선배의 청을 그날은 거절했다. 취해버린다고 도둑처럼 찾아오는 죽음의 연기에서 달아날 수 있을까. 차가운 밤공기에 섞인 풀냄새 같은 살아 있는 체취가 간절해 밖으로 나갔다. 산소가 희박해지는 느낌 때문에 입을 크게 벌려 숨을 들이켰다. '하……' 나는 아직 살아 있었다.

술이 전한 • 047
비보

점 하나로
남이 된 가족

오늘은 조금 색다른 일을 해야 한다. 몇 년 전 장례를 치르면서 연락을 주고받게 된 분이 있는데, 그날따라 동사무소에 함께 가달라는 부탁을 받았다. 마침 예정된 일정도 없고 해서 팀장과 함께 다녀오기로 했다. 어찌 보면 사후死後 서비스인 셈이다. 곧 팔순을 바라보는 할머니는 배우자 없이 혼자 살고 있었다. 가끔 말동무가 필요할 때면 중년의 팀장과 전화로 이런저런 얘기를 나누곤 했다. 유일한 혈육이던 동생을 떠나보낸 후로 소소한 대화조차 나눌 사람이 없었던 것이다. 전화로나마 가끔 이야기를 들어주는 사이가 되다보니 팀장도 할머니의 부탁을 거절하기 어려웠을 것이다. 그냥 이분이 거주하는

지역의 동사무소만 다녀오면 되는 일이니 그리 어려운 청도 아니었다.

약속 장소에 먼저 나와 있던 그녀는 할머니라고 부르기 멋쩍을 정도로 활기가 넘쳤다. 왜소한 체구에 주름진 얼굴은 그 나이대의 여성과 다름없었지만 아랫배에 힘이 잔뜩 들어간 화통한 목소리만큼은 건강미가 넘쳤다.

"안녕하세요! 오시느라 고생 많았습니다."

그녀는 건물 입구 쪽 자판기로 걸음을 옮기더니 커피 한 잔 대접하겠다며 가방 깊숙이 손을 뻗어 낡은 동전지갑을 꺼냈다. 헌 주머니의 지퍼를 두어 번 열어젖히니 꽁꽁 숨겨둔 동전 몇 닢이 모습을 드러냈다. 괜찮다고는 했지만 손사래를 치시며 기어이 본인이 사야만 한다고 고집을 부렸다.

커피를 마시며 그녀의 사연을 들었다. 남동생이 혼자 거주하던 반지하방이 있는데 그걸 처분하려고 하니 부동산 사무소에서 본인이 가족임을 증명하는 서류를 가져오라고 했단다. 동생 역시 그녀와 마찬가지로 결혼을 하지 않아 홀몸이었다. 가족관계증명서 발급은 혼자서도 충분히 가능할 법한데. 다른 사연이 있는 걸까? 역시나 예상은 빗나가지 않았다. 생각보다 훨씬 복잡한 문제가 얽혀 있었다. 관련 서류를 발급받으려고 한 차례 관공서에 물어본 적이 있는데, 동생과 한 핏줄이라는 공문서상의 기록이 없다는 것이다. 이게 무슨 소린가. 분명 한 어머니의 뱃속에서 태어나 외모도 빼다 닮은 내 동생이 맞거늘. 친동생이 틀림없다고, 뭔가 착오가 있을 것이라 하소연하자 담당 공무원은 혹시 고향이 어디시냐고 물었다. 전쟁통에 북에서 피난 내려와 남쪽에 정착했다고 말하니 직원은 한숨을 내쉬며 그럴 줄 알았다는 표정을 지었다.

"할머니. 옛날에는 다 동사무소 직원들이 손으로 한자를 적었어요. 근데 여기 보시면 동생분하고 할머니 성이 한자가 비슷한데 점 하나가 빠져 있잖아요. 이거는 당시에 직원이 한자를 잘못 적은 거예요. 옛날에는 이런 일들이 많았어요. 더군다나 전쟁통이다보니 폭격을 맞아서 서류가 다 타버린 곳도 있고, 틀린 걸 알았어도 다시 고칠 정신도 없었을 거예요. 이거는 저희가 어떻게 도와드릴 수가 없네요."

세상에 이런 날벼락이 어디 있는가. 아무리 점 하나로 님이 되고 남이 된다지만 피를 나눈 가족이 정녕 서류상의 점 하나로 남이 될 수도 있다는 말인가. 게다가 이산가족도 아니고 줄곧 엎어지면 코 닿을 거리에서 살아왔는데. 고작 한자에 점 하나를 덜 찍었다는 이유로, 혹은 찍었는데 지워졌다는 이유로 성이 바뀌어 남매임을 인정받을 수 없다니. 어디서부터 잘 못된 것인지, 누굴 탓해야 하는 것인지 모르겠다. 옛 시절 이름 모를 그 공무원의 실수를 질책해야 하는가. 아니면 고약한 전쟁의 상흔이라고 여겨야만 하는가.

그녀는 본인의 행색이 초라하여 사람들이 자신을 하찮게 보고 제대로 알려주지 않는 것 같다며 팀장에게 동행을 요청했던 것이다. 그러나 전해들은 그녀의 사정을 팀장이 공무원에게 차근차근 이야기해봐도 돌아오는 대답은 크게 다르지 않았다. 직원은 바쁜 와중에도 어디엔가 확인해보겠다며 전화통을 붙들어보았지만 그들도 이런 경우는 처음이라 어떻게 처리해야 할지 모르겠다며 난감한 기색을 보였다.

"전쟁 때는 이런 일이 종종 있었다고 들었어요."

이 전쟁이라는 말을 연거푸 들으니 그 순간 내가 살아가고 있는 시공간이 낯설게 느껴졌다. 분명 내가 서 있는 이 땅 위에서 불과 몇십 년 전에 벌어졌던 참상임에도 수백 년 전의 일처럼 여긴다. 세상이 너무 많이 바뀌었기 때문일까. 도심에 빼곡히 들어선 고층 건물과 해외 유명 디자이너들의 옷이 걸린 쇼윈도를 보면서 전쟁을 떠올리기란 쉽지 않다. 그러나 우리의 눈길이 닿지 않는 구석에는 아직도 전쟁의 상처들이 선명하게 남아 있다. 그 상처는 너무나 크고 깊어서 전쟁을 겪어 보지 않은 세대가 감히 헤아릴 수 없을 정도로 아득하다.

　그녀는 실망감을 감출 수 없었지만, 예상했던 일이라는 듯 곧 자리를 박차고 일어났다. 여기서 더 실랑이를 해봤자 얻을 게 없다는 걸 알아차린 것 같다. 우리도 딱히 고객에게 도움이 되어드리지 못한 것 같아 찜찜한 기분으로 인사를 드리려던 차에, 그녀가 한 가지 부탁이 더 있다며 길을 막아섰다. 동생이 살던 집에서 가져올 물건이 있다며 그곳까지 태워다 달라는 것이다. 흔쾌히 주소가 적힌 종이를 받아들었다. 도착한 집은 평범한 주택가에 있는 빌라였다. 반 층 정도 계단을 내려가니 문에 붙은 '국가유공자의 집'이라고 적힌 스티커가 눈에 들어왔다.

　"동생분이 국가유공자이신가요?"
　"응. 그랬지. 군인이었거든. 그런데 싸우다가 심하게 다쳐서 한쪽 다리를 영영 못 쓰게 됐어. 그래서 장가도 못 가고 혼자 살았지. 누가 쉽게 결혼을 하려고 하겠나. 그 생각만 하면 마음이 아파. 어휴."

　철문을 열기 위해 또 봇짐을 한참이나 뒤져 찰랑거리는 열쇠 꾸러미를 꺼냈다. 여태 고인의 몸은 많이 봤지만 고인이 살던 집에 와본 것은 처음이다. 자의로 결혼을 하지 않은 것도 아니고 전쟁의 상처 때문에 어쩔 수 없이 혼자 수십 년을 외로이 지내다 돌아가셨다니. 거동이 불편해 청소도 버거우셨을 텐데. 설마 집안에 악취 나는 쓰레기나 벌레들이 진을 치고 있는 것은 아닌지 겁이 났다. 같이 온 팀장은 뭐가 두려운지 빌라 입구에 서서 한번 빼꼼 들여다보고는 이내 몸을 숨겼다. 억센 열쇠로 문을 덜컹 열어준 그녀도 내심 무서웠던지 신발 끈을 풀기 불편하다며 본인은 현관에 머물겠다고 했다. 결국 안에 들어갈 사람은 나 혼자다. 솔직히 나도 무섭기는 매한가지였지만 여기까지 온 마당에 꽁무니를 뺄 수 없었다. 이마에 식은땀이 솟기 시작했지만 아무렇지도 않은 척 "어떤 걸 가져오면 되나요?"라고 물었다.

"어 저기. 부엌에 가면 냉장고 옆 선반 위에 노란색 라디오가 있어. 그것만 좀 가져와줘요."

부엌에 가려면 거실을 지나야 한다. 헌데 거실에 신문지들이 기둥처럼 쌓여 있다. 언뜻 보면 신문보급소를 연상시킬 정도로 양이 많다. 방송에서 보던 쓰레기 집들과는 사뭇 다른 풍경이다. 나쁜 냄새도 나지 않고, 물건이나 가구에 뽀얗게 먼지가 쌓인 것만 빼면 무언가 잡다하지만 나름의 질서를 유지

하고 있었다. 고인이 군인이었다는 것을 떠올리니 마치 신문지로 진지를 구축해놓은 것 같은 느낌이 들었다. 산속에 흙이나 돌을 쌓아 자취를 숨기고 몰래 총을 쏘아대는 공간처럼, 신문지 더미는 일정한 배열과 높이로 미로를 이루고 있었다. 전쟁의 악몽은 내 한 몸 편히 뉠 집마저 전쟁터로 만들어버렸다.

싱크대에는 설거지거리들이 약간 쌓여 있었지만 지저분하진 않았다. 그래도 돌아가시기 전까지 음식을 직접 해드셨을 거란 생각에 조금은 마음이 놓였다. 선반 위에는 그녀가 말했던 대로 자그마한 노란색 라디오가 있었다. 요새 젊은이들은 아무도 쓰지 않을, 시장에서도 더이상 팔지 않을 것 같은 그런 구식 라디오였다. 코드를 뽑아 가지고 나오니 그녀가 반갑게 손을 내밀었다.

"이거 말고 더 필요하신 건 없나요?"

"응. 없어. 이 집에서 멀쩡한 건 이거 하나뿐일 거야. 예전부터 동생이 나한테 주려고 했었어."

"그런데 저 신문지들은 왜 저렇게 놓아두신 걸까요?"

"아 저거. 무서워서 그래. 혹시라도 도둑이 들면 거지들이 사는 집인 줄 알고 그냥 돌아나가게 하려고 그랬대. 동생은 사람을 무서워했어."

그는 밖의 소식들을 저 신문지와 라디오로 접했던 것 같다. 휴전 이후 세상이 많이 변했는데도 그는 왜 밖으로 나올 수 없었을까. 눈을 떠도, 눈을 감아도 지울 수 없는 잔혹한 잔상들은 성한 발목마저 붙잡는다. 피를 흘리며 죽어갔던 전우들의 비명소리가 귓가에 맴돈다. 창밖의 천둥소리가 폭탄이 되어 집을 부술 것만 같다. 그는 그렇게 어둑한 지하로 깊숙이 숨어들었을 것이다.

건물 밖으로 나오니 같은 빌라 주민으로 보이는 한 남자가 문 앞에 주차되어 있는 차량을 보고 말을 걸어왔다. 차에 큼지막하게 '○○상조'라고 적혀 있으니 궁금할 법도 했다.

"무슨 일이 있나요? 혹시 누가······."

"아 네. 지하방에 살던 분의 가족이신데요, 그분 돌아가시고 나서 잠깐 정리하려고 들르셨어요."

"아. 그랬군요. 허 참······. 안 그래도 혼자 외롭게 사시는 것 같았는데. 결국 그렇게······."

남자는 말을 잇지 못하고 헛기침을 하더니 곧 눈시울을 붉혔다. 가끔가다 혼자 오가는 모습을 봐온 게 전부라고 했다. 그래도 가족이 아닌 누군가가 그를 잠시나마 추억해주고 눈물을 보여주지 않았는가. 자리를 뜨기 전 고개를 돌려 문에 붙어 있는 국가유공자 표식을 다시 바라보았다.

그녀를 가까운 지하철역까지 바래다주니 오늘 정말 고마웠다며 손을 잡았다. 다음에는 찜질방이나 같이 가자고, 할인 쿠폰을 얻어놨으니 본인이 쏘겠다고 환하게 웃으셨다. 끝이 너덜너덜하게 닳고 색이 바랜 쿠폰이 그녀의 쓸쓸한 뒷모습처럼 애달프다. 굽은 등에 가득 짊어진 저 보따리는 오래전 피난길에 올랐던 그 시절 속에 계속 머무르게 한다. 잊을 수 없는, 잊어서는 안 되는 아픈 나날들은 그렇게 그녀를 통해 투영되었다. 두 분은 다음 생에나 가족으로 다시 만날 수 있을는지. 빌어먹을 점 하나가 이렇게 애석할 줄이야.

삼팔선 너머 이산가족도 모자라, 지척의 이산가족이라니. 이 원통한 세월아.

전재산
100만 원

몇 년간 장례 현장에서 유족들과 부대끼며 고인을 직접 모시는 일은 보람되고 생동감 넘치는 경험이었지만 다른 부서의 업무가 궁금하기도 하고 체력이 전 같지 않아 잠시 쉬어갈 겸 해서 새로운 업무에 도전해보기로 했다. 그러나 출근 첫날 받아든 교육 자료의 무게를 느낀 순간, 역시나 만만치 않은 일이라 생각했다. 서비스 마인드부터 상황별 고객 응대법까지. 학창 시절로 돌아간 것처럼 처음 두 달은 퇴근 후 귀가해서 늦게까지 공부를 해야 했다.

정해진 근무시간에 100통 이상의 전화 상담을 소화해야 했다. 화장실에 가는 시간과 식사 시간을 제외하곤 꼼짝없이 의자에 엉덩이를 붙이고 떠들어야 했다. 현장에선 3일 동안 한 가족하고만 보내면 되지만, 전화 상담은 하루에도 100명이 넘는 고객을 쉴새없이 만나야 했다. 요즘엔 상조에 대한 인식이 조금은 긍정적인 쪽으로 바뀌고 있지만, 당시만 해도 상조회사의 배임·횡령·파산 사건은 신문을 장식한 단골 기삿거리였다. 기사가 나갈 때마다 회사에 대한 불신이 출렁댔다. 출근 시간부터 전화통에 불이 났다. 이미 작정을 하고 전화를 건 고객들은 두서없이 막말부터 퍼부어댔다.

요즘은 폭언에 시달리는 감정노동자들을 보호하기 위한 '전화 끊을 권리'가 확산되고 있다고 하니 다행이지만, 당시만 해도 상담원을 보호하는 장치 따윈 없었다. 상담원은 고객의 말을 중간에 끊어서도 안 되고, 고객이 수화기를 내려놓기 전까지 무슨 말이든 무조건 들어주어야 했다. 서로 얼굴을 마주하지 않아서인지 본색을 드러내는 사람들이 의외로 많았다. 상담중 몸을 떨며 울음을 터뜨리게 되는 일도 다반사였다. 그나마 가끔씩 "고생하시네요, 참 친절하시네요" 하며 격려해주는 고객들 덕분에 겨우 견뎌낼 수 있었다.

오전에만 수십 명의 이야기를 듣느라 녹초가 되어갈 때쯤 한 남성의 전화를 받았다.

"사랑으로 함께하는 ○○상조 양수진입니다. 무엇을 도

와드릴까요?"

"아 여보세요? 아 저기. 제가 장례를 치러야 하는데.
그…… 돈이 얼마나 들까요?"

"네 고객님. 상품 가입 말씀이십니까?"

"아 그게. 미리 가입을 해야만 하는 건가요? 얼마 남질 않
았는데……."

"아 네. 혹시 부모님께서 많이 위독하십니까?"

"아뇨. 제, 제가요."

"……네?"

고객의 말을 잘 알아듣지 못했거나 재차 물을 때 항상 말
끝에 '고객님'을 붙이라고 교육을 받았다. 배운 대로라면 "네
고객님, 실례지만 다시 한번 말씀해주시겠습니까?"라고 말해
야 했지만, 너무 당황한 나머지 그만 실수를 하고 말았다. 졸
지에 평가에서 감점이 될 게 뻔하다. 그나저나 부모님도 아니
고 본인의 장례를 상담하려 한다니. 목소리도 약간 술에 취한
것처럼 어눌한데 설마 장난전화는 아니겠지? 어쨌든 상담은
계속해야겠기에 목소리를 가다듬고 다시 물었다.

"아, 고객님을 위해서 장례를 준비하시는 겁니까?"

"예. 그게, 제가 사실은 몇 년 전에 시한부 선고를 받았어

요. 그런데 아내도 떠났고 혼자서 아들을 키우다보니 그저 아들이 군대 제대할 때까지만 살아 있게 해달라고 빌었거든요. 그래야 애 혼자 뭐라도 할 수 있을 것 같아서요. 매일 간절하게 기도하며 살았더니 제 기도를 들어주신 건지 오늘이 아이가 제대하고 이틀째네요. 그런데 이젠 더이상 버틸 수가 없을 것 같아서 오늘은 큰맘 먹고 아들한테 얘길 하려고요. 차마 맨정신으로 말할 자신이 없어서 혼자 술을 먹다가 장례비가 궁금해서 광고 보고 전화했어요. 지금 잠깐 아들한테 막걸리 사오라고 심부름 보냈거든요. 아이 없을 때 물어보려고요. 근데 지금 제 주머니에 100만 원밖에 없어요. 이 돈으로 장례를 치를 수 있을까요?"

순간 너무 당황스러웠다. 이런 사연인 줄도 모르고 섣불리 장난전화를 떠올리다니. 자동응답기처럼 뻐끔거리던 나에게 경종을 울린 셈이다. 매뉴얼대로 상담을 하자면 이분에게는 도움을 드릴 수가 없다. 가장 저렴한 상조 상품도 300만 원은 있어야 이용할 수 있기 때문이다. 이런 경우에는 사정을 설명하고 "도움을 드리지 못해 죄송합니다"라고 말하면서 상담을 마칠 수 있도록 유도해야 맞다. 그러나 난 그럴 수 없었다. 평가 점수가 엉망이 되는 건 중요하지 않았다. 많은 상담원 중에서 하필 내가 이 전화를 받은 데는 필시 이유가 있을 것이다. 이분이 나와 연결이 된 이상, 뭐라도 도움이 될 만한 정보를 드려야 한다고 생각했다. 나는 주위를 한번 살피고 누가 듣지 않도록 작은 목소리로 대답했다.

"네 고객님. 일단 상조 상품은 정해진 가격이 있기 때문에 상조는 이용하지 않는 게 낫겠습니다. 혹시 조문객을 받으실 예정입니까?"

"아니요. 어차피 올 사람도 없어요."

"그러시면 미리 인근 장례식장을 한 곳 알아보셔서 조문객은 받지 않으신다고, 음식 주문을 하지 않겠다고 말씀하세요. 제단꽃 그런 것도 필요 없다고 하시고요. 그리고 기초생활수급자이시면 장제비 지원제도가 있으니 그 동네 주민 센터에 꼭 확인해보시고요. 그리고……."

"아, 저 저기. 아들이 벌써 왔어요. 저 끊을게요. 고마웠어요."

"네? 아, 고객님. 만약 더 도움이 필요하시면 이리로 전화를……."

저쪽에서 삐걱 문 열리는 소리가 들리더니 그는 황급히 전화를 끊었다. 어떻게라도 도움을 드리고 싶어 내 번호를 남겨드리고 싶었는데. 내 이름도 기억나지 않으실 텐데. 너무나 아쉽게도 그와의 연결고리가 끊어져버렸다. 보통은 고객과의 상담 시간이 3분을 넘으면 감점 처리가 된다. 신속하게 안내를 마치고 다음 전화를 받아야 대기 고객이 줄어들기 때문이다. 그런데 그의 이야기를 듣다보니 어느새 20분이 훌쩍 지나 있었다. 그는 장례비용에 대한 궁금증도 있었지만, 그것보다는 얼마 후면 이 세상에서 사라질지도 모를 자신의 목소리로 누군가와 대화를 하고 싶었던 것 같다. 혼자 어떻게 아들을 키워냈으며, 고맙게도 얼마나 훌륭하게 자랐는지. 시한부 선고를 받고 얼마나 가슴이 철렁했는지. 아들이 군대에 가 있는 동안 숨이 멎지 않기를 얼마나 간절하게 기도했는지. 아직 어린 아들에게 이별의 말을 어찌 꺼내야 할지. 마치 자신의 묘비에 글을 새기듯 힘겨운 목소리로 한 마디 한 마디를 소중히 뱉어내고 있었다. 나는 그의 말을 그저 묵묵히 담아내는 것밖에 달리 할 수 있는 게 없었다.

모니터 위로 모진 바람을 이기지 못해 위태롭게 꺼져가는 불씨가 아른거렸다. 그와의 전화를 끊고서는 한동안 다른 상담을 하지 못했다. 잠깐 쉬고 오겠다며 건물 옥상에 올라가 시원한 바람을 맞았다. 센터장은 내가 진상 고객에게 오래 시달린 것 같다며 위로해주었다. 상담이 길어지면 대개 불만 고객인 경우가 많기에 겉으로는 그렇게 보였을 것이다. 실상은 그렇지 않더라도 말이다. 그렇다고 그의 사연을 동료들에게 함부로 말하긴 싫었다. 잠깐은 고개를 끄덕이며 공감해주겠지만 곧 다른 고객을 맞으며 그 사연은 저만치 잊힐 것이다. 문득 사람에겐 죽는다는 것보다 잊힌다는 것이 더 두려운 일이 아닐까 하는 생각이 들었다.

몇 년이 흐른 지금까지도 수화기 너머의 그 목소리를 떠올리면 너무도 아쉽다. 의사가 예고했던 날보다 몇 년을 더 용감하게 버티셨는데, 더 견딜 수 있을 거라고, 더 살아갈 수 있으니 희망을 버리지 말라고 왜 말해주지 못했을까. 전화로나마 소리 없이 한순간에 사그라질 자신의 흔적을 어디에라도 남기고 싶었을 그를 왜 좀더 따스하게 보듬어주지 못했을까. 홀로 긴 세월을 죽음의 공포에 떨었지만 사랑하는 이를 위해서 통증을 견뎌낸 그를 생각하면 목이 멘다. 그 이야기를 엿들어버린 죄로 나도 모르게 날이 선 고독감이 내 안에 옮겨와버렸다.

지금 이 순간에도 그가 가혹한 운명을 이겨내고 아들과 행복한 나날을 보내는 모습을 상상해본다. 만약 이마저도 욕심이라면, 홀로 남은 아들은 그 슬픔의 무게를 꿋꿋이 짊어지고 있을지. 그 안부가 궁금해지는 가을밤. 그에게 꼭 말해주고 싶다. 나는 아직 당신을 잊지 않았노라고.

이 와중에도 사람은
밥을 먹는데

가족이 없는 분의 입관 때는 꽁꽁 얼어버린 강물 위에 서 있는 것처럼 마음이 시리다. 사람이 태어나 자라면서 '무연고'일 수가 있을까. 분명 그에게도 가족이 있었을 것이다. 계절이 바뀌며 하나둘씩 지는 나뭇잎처럼 그 곁에 머물던 사람들도 그렇게 홀연히 져버렸을까. 누구나 한 번은 죽는다고, 별다를 게 없다고 위로해보지만 그 한 번뿐인 죽음을 외롭게 맞이하고픈 사람은 아마 없을 것이다.

이번에도 안타까운 주검이 발견되었다. 서로의 안부를 이따금 묻고 지내던 고인의 친구가 우연히 발견한 것이었다.

혈육도 없이 볕도 들지 않는 방에서 쓸쓸히 숨을 거둔 고인이 너무도 안타까워 그 친구분이 장례라도 치러주겠다고 나섰다. 장례지도사 입장에선 이렇게 나서주는 사람이 있어 얼마나 다행인지 모른다. 장례식장에 마련된 차가운 냉장시설에는 가족이 있음에도 불구하고 장례비 부담 때문에 오도 가도 못하는 시신들이 많다. 시신을 인수해달라고 가족들에게 전화로 애원해도 묵묵부답이다. 죽어서 재가 되고 땅에 묻힐 수 있는 것도 연고가 있어야 가능한 일이다. 나는 그 친구분의 손을 잡고 감사하다고 거듭 인사를 드렸다.

시신은 어느 정도 부패가 진행되었지만 난방을 하지 않은 탓에 크게 상하진 않았다. 끼니를 잘 챙겨먹지 못한 건지 남성인데도 팔다리가 어린아이처럼 가늘었다. "그래도 가는 길이 아주 쓸쓸하진 않으셔서 다행이에요. 이렇게 잘 둔 친구분 덕에 수의도 입으시고." 지켜보던 친구의 눈이 촉촉이 젖어든다. 친구의 장례를 도맡는 게 말이 되느냐는 아내의 타박에 어쩔 수 없이 혼자 왔다고 한다. "야 이 새끼야. 이렇게 가냐, 새끼야" 하며 화도 내보지만 대답하는 이는 없다. 그런데 잠깐 어디 좀 다녀오겠다고 빈소를 떠났던 그 친구분이 흰 상자를 가져왔다.

"이게 뭔가요?"

"아 이거, 친구 녀석이 키우던 개인데 화장해서 오는 길이에요. 아는 사람한테 부탁을 좀 해놨었거든요. 방에 가니까 글쎄 옆에서 같이 죽어 있더라고요. 참 내. 평소에도 문을 항상 열어놔서 개 혼자 왔다갔다하고 그랬는데, 왜 도망 안 가고 그렇게 죽었는지 몰라. 먹을 것도 없었을 텐데……."

고인에게도 가족이 없진 않았다. 10년 넘게 같이 살면 개도 반쯤은 사람이 된다. 워낙 낡은 집이라 유리와 알루미늄으로 된 가벼운 현관문은 강아지의 힘으로도 쉽게 열리곤 했다. 거동이 불편해지자 좁은 방안에 가둬놓기가 미안해서 문을 열어놓으면 강아지는 동네를 한 바퀴 산책하고 쪼르르 귀가하여 언제나 함께 잠을 잤다. 고인은 자기 육신보다 강아지를 더 걱정했다. "나 없으면 이놈 밥은 누가 주냐. 미안하지만 혹시라도 그런 일 생기면 네가 좀 거둬줄래?" 친구는 에이 뭐 그런 쓸데없는 소리를 하냐며 핀잔을 놓았지만 이내 마음이 걸렸던 모양이다. 친구분은 식구들한테 어렵게 승낙을 받아놓았는데 일이 이렇게 되었다며 한숨을 지었다.

자그마한 종이 상자 안에는 개의 사체를 태운 재가 들어 있었다. 친자식보다도 가까웠던 사이라 고인을 화장하면 유골함에 함께 넣어 섞어줄 것이라고 친구분이 말했다. 살아서도 함께, 죽어서도 함께하는 것이다. 그 개는 주인의 숨이 끊어진 것을 알아차렸을 텐데. 그럼 밖에 나가 밥을 얻어먹든지, 새 주인을 찾기 힘들면 다른 개들하고 어울려 떠돌이가 되는 한이 있어도 목숨은 부지할 수 있었을 텐데. 왜 주인을 떠나지 못하고 그 곁에서 굶어죽어야만 했을까. 어떤 사람들은 돈이 아까워서 가족의 주검을 외면하기도 하는데, 그 개는 무슨 사연으로 끝내 주인을 따라갔을까.

순간 부모님 집에서 키우는 강아지가 생각났다. 엄마가 다리를 다쳐 2주간 병원에 입원을 하게 되는 바람에 당시에는 일을 하지 않았던 내가 개밥을 담당하게 되었다. 워낙 엄마 곁에 껌딱지처럼 붙어다니던 놈이라 그런지 한 이틀 동안은 잠시도 쉬지 않고 온 집안을 헤매며 엄마를 찾았다. 밥과 간식이라면 자다가도 눈을 번쩍 뜨는 녀석인데 웬일인지 밥그릇이 비워지질 않았다. 밥투정을 부리는 건가 해서 진짜 고기를 말린 고급 간식도 사다줘봤지만 냄새만 킁킁 맡고는 고개를 돌렸다. 일주일이 지나자 녀석은 기력을 잃고 엄마의 체취가 배어 있는 베개나 방석 위에 고개를 박고 누워 숨만 간신히 쉬었다. 산책을 시키면 기분이 좀 나아질까 해서 데리고 나갔는데 매일 걷던 산책로의 벤치로 갑자기 달려가더니 엉덩이를 내리깔고 움직이질 않았다. 목줄을 잡아끌어도 소용없었다. 그 의자는 늘 엄마와 함께 걷다가 앉아 쉬던 자리였다. 녀석은 엄마와의 추억 속에 단단히 갇혀버린 것이다. 여기서 계속 기다리면 혹시라도 엄마가 올지 모른다고 생각하는 건가. 그렇게 해가 질 때까지 홀로 벤치에 앉아 있는 강아지를 우두커니 쳐다보는 수밖에 없었다.

말은 못하지만 그들도 기억하고, 슬퍼하고, 사랑한다. 혈육이 세상을 떠서 장례를 치르는 중에도 사람은 밥을 먹는데 개는 먹지 않는다. 그것을 떠올리니 내 자신이 부끄러워졌다. 나는 사랑하는 이가 세상을 떠났을 때 식음을 전폐하고 그 곁에서 함께 잠들 수 있을까?

고인을 화장하러 가는 길. 운구해줄 인원이 부족해서 걱정이다. 장례식장에서는 어찌어찌 남자 직원들의 도움을 받아 장의차에 모셨지만 화장장에선 어떻게 하지? 도착해서 '무연고자'라고 운을 떼자 금방 눈치챈 직원이 사람의 운구가 필요 없는 전동식 카트를 밀고 왔다. 이제는 화장장에서조차 무연고자를 모시는 일이 낯설지 않은 것이다. 얼마나 흔한 일이기에.

다른 화로 앞에 모인 가족들은 화장이 시작되었다는 표식이 전광판에 뜨면 크게 울부짖는다. 그러나 연고가 없는 화로 앞은 우는 이가 없어 한적하다. 친구는 홀로 자리를 지킨다. 축 처진 어깨가 호젓하여 나도 말없이 그 옆에 앉았다. 몸에 한 차례 격한 불꽃이 일고 마침내 모두 식을 때까지 우리는 아무 말도 꺼낼 수 없었다.

　내려앉을 곳 없이 그는 한줌의 재로 허무하게 돌아갔다. 하늘에서 그들은 다시 만나 생전처럼 다정히 상면했을까. 그들의 몸이 함께 담긴 유골함을 품에 안고 다음 생에서는 정말 가족의 연으로 다시 태어나 행복하게 살기를 소망했다. 더는 슬프지 않은 세상에서 사이좋은 오누이로 다시 태어나 푸른 들판 위에서 원 없이 뛰어놀기를 간절히 기도했다.

2부

더불어 살아간다는 것의 의미

부모의
마음

비록 몸이 아프고 돈이 없는 처지라도 굳이 자식에게 의지하고자 하는 부모가 몇이나 될까. 노인들이 빠른 고령화 사회로의 변화에 아직 적응하지 못한 것처럼, 그 자녀들도 부모를 온전히 봉양하는 문제에 대해 아직 마음의 준비가 덜 된 것 같다. 홀로 고독하게 인생을 정리하는 노인들을 만나게 되면 먼 훗날에는 나 역시 그렇게 될 수도 있겠다는 생각에 간담이 서늘해질 때가 많다.

처음 상주를 만나 상담을 할 때 우선적으로 확인하는 것이 사망진단서이다. 이 서류가 없으면 장례를 치를 수 없고 입관도 할 수 없다. 해당 자격을 갖춘 의사가 신체의 죽음을 선고하는 문서를 작성해야만 장례 절차를 진행할 수 있다. 집에서 사망한 경우에는 119가 아닌 관할 경찰이 먼저 방문하여 사건 경위를 확인하는 것이 일반적이지만, 연세가 많은 노인이고 지병이 있었던 경우에는 바로 장례식장이나 상조회사에 전화를 걸어 운구차를 부른다. 그러면 운구차가 병원 응급실을 경유하여 의사나 검안의의 사망진단을 받는다. 보통 이런 경우에는 특별한 외상이 없는 한 신체를 자세히 살펴보는 절차 없이 심정지 상태만 확인하며, 서류에는 '병사'라고 기재된다.

고인이 장례를 치를 식장에 도착하면 안치실로 직행한다. 이때 장례식장 직원이 안치실을 한 곳 배정하여 고인을 그곳에 모신다. 냉장시설에 모시지 않으면 부패가 빠르게 진행될 수 있기 때문이다. 상조회사 직원보다 장례식장 직원이 한 발 먼저 고인의 상태를 확인할 수 있기 때문에, 체격이 유난히 크거나 눈에 띄는 상흔이 있는 경우에는 상조회사 직원에게 귀띔을 해준다. 오늘 맡은 분은 특이할 것이 없는 노령의 할머니이시다. 그런데 다른 직원이 다가와서 살짝 물어본다.

"혹시 이분 넥타이야? 목에 좀 흔적이 있던데."
"아뇨. 전 아직 그런 건 못 들었어요. 그냥 노환이라고 하시던데요. 집에서 돌아가셨다고."

"그래? 뭐 요즘 혼자 계시다 그렇게 가는 경우 많으니까 뭐. 흐음."

넥타이는 목을 매 자살한 시신을 지칭하는 장례지도사들만의 은어이다. 사람들이 오가는 곳에서 '자살'이라는 말을 입에 올릴 수 없어서 언젠가부터 써온 말이다. 빈소로 돌아가 상주를 만나는데 어째 기색이 좋지 않다. 하나둘씩 도착한 가족들은 빈소 구석에 삼삼오오 모여 뭐라고 숙덕댄다. 이따금 서로를 원망하는 기분 나쁜 목소리도 들려온다. 분위기가 심상치 않다. 장례 절차나 비용 등 개괄적인 상담을 마치자, 큰 상주가 피곤했는지 담배 한 대 피우고 오겠다며 밖으로 나갔다. 나는 그의 뒤를 바짝 따라가 주위에 사람이 없는 것을 확인하고 음료수를 건네며 말을 걸었다.

"저 상주님. 오늘부터 3일 동안은 저를 식구라 여기고 편하게 대해주세요. 장례가 원활히 진행될 수 있도록 곁에서 열심히 도와드리겠습니다. 아직 제가 낯설게 느껴지시겠지만, 내일 어머님을 직접 모실 겁니다. 저한테만큼은 그동안 어머님 모시면서 힘드셨던 게 있으면 다 털어놓으셔도 됩니다."

내 말을 듣던 큰 상주가 약간 놀란 표정을 지었다. "아 예.

그래요, 알았어요." 그러더니 황급히 담뱃불을 비벼 끄고 자신의 승용차를 향해 걸어갔다. 사실 고인의 몸에 난 상처를 언급한다는 것은 굉장히 조심스러운 일이다. 만약 몸에 이러저러한 흉이 있다고 가족 중 한 명에게 말씀을 드리면, 부모님을 직접 모셨던 다른 형제에게 비난의 화살이 꽂힌다.

'너는 어머니를 어떻게 모셨길래 그런 상처가 나게 하니? 내가 돈까지 쥐어줬는데 병원도 안 모시고 간 거냐? 신경이나 제대로 썼어?'

이런 질책을 들으면, 가만히 듣고 있던 그 형제의 자녀들이 분개하며 자리를 박차고 일어난다.

'왜 그래요! 우리 엄마 아빠가 할머니 모시느라고 얼마나 고생한 줄 알기나 해요? 돈 몇 푼 준 거 말고 한 게 뭐가 있어요? 서로 안 모시겠다고 떠밀기나 했지. 다들 모른 척할 땐 언제고! 우리집이 형편 제일 안 좋은 거 뻔히 알면서. 몇 년 동안 잠도 제대로 못 자면서 간호한 거 생각도 못하고. 언제 고맙다는 말 한마디라도 했어요?'

이쯤 되면 어디 어린놈이 어른한테 바락바락 핏대를 세

우냐면서 당장에 멱살잡이를 하려 들고, 한쪽에서는 "아이고. 불쌍한 우리 엄마" 하면서 통곡을 하는 바람에 순간 아수라장이 되고 만다. 이런 광경을 자주 목격하기 때문에 고인의 상태에 대한 언급은 쉬이 하지 못한다. 오늘 뵌 할머니는 혼자 사는 집에서 돌아가셨지만, 그렇다 하더라도 가족들 중 자주 들여다본 사람이 있을 것이고 거의 연락을 끊고 살다시피 한 사람도 있을 수 있기 때문에 제삼자가 섣불리 재단할 수 없는 노릇이다. 일을 시작하기도 전부터 머리가 지끈지끈 쑤셔온다.

삼 형제 중 막내가 어머니의 방에 들러서 영정사진과 함께 박스 하나를 가져왔다. 이불 보따리를 싸던 고운 분홍색 천으로 감싼 영정사진과 낡은 한복 박스가 이부자리 옆에 가지런히 놓여 있었다고 한다. 마치 여행을 떠나기 전날 정갈히 싸놓은 짐꾸러미처럼.

수의를 미리 준비하신 경우에는 장례지도사가 먼저 열어서 살펴본다. 수의에는 여러 부속품이 있는데, 간혹 몇 가지가 누락된 경우도 있고 또 10년 넘게 장롱 속에 보관하다보면 습기나 벌레 때문에 삭아서 못 쓰는 경우도 있어서 미리 확인하는 절차이다.

예부터 부모님의 무병장수와 자손들의 번창을 기원하며 수의를 미리 준비해드리는 풍습이 있다. 이번 경우에는 꽤 오래전에 장만해놓았는지 박스 겉면처럼 그 속의 수의도 세월이 느껴질 만큼 색이 바래 있었다. 구석구석 조금 해지긴 했지만 누군가 미리 정성껏 다림질을 해놓은 것처럼 단정하게 포개져 있다. 가장 안쪽 저고리를 열어보는 순간 뭉툭한 무언가가 툭 하고 떨어졌다. '엇. 이게 뭐지? 이건 수의 부속이 아닌데. 봉투잖아?' 하며 더듬더듬 열어보았다.

봉투 안에는 한쪽 면이 달력인 종이를 두 번 접어 만든 편지와, 은행 이름이 적힌 돈 봉투가 들어 있었다. 현금은 세어보진 않았지만 묵직한 걸 보니 100만 원은 족히 될 것 같다. 돈뭉치는 누런색 박스 테이프로 꼼꼼히도 밀봉되어 있다. 홀로 방에서 한 장 한 장 침을 묻혀가며 세고 또 세어봤을 할머니의 주름진 손을 떠올리니 눈물이 핑 돈다. 돈에 손을 댈 순 없으니 호기심에 편지만 살짝 펼쳐보았다. 막 글을 배운 어린아이의 글씨처럼 비뚤비뚤하지만 모든 획에 힘을 주어 꾹꾹 눌러 쓴 흔적이 역력하다.

'나는 이제 다 되었다.

나는 걱정하덜 말고 너거들만 잘 살면 된다.

너거들은 잘못한 기 없다.

어쩌등가 여적 장가 못 간 우리 막내

참한 색시 짝 지어 잘 살게 해다오.

너거들 잘 사는거시 나의 소원이다.

싸맨 돈은 장례비로 써다오.

소박하게 치러다오.'

부모는 자나깨나 살아서나 죽어서나 오직 자식 걱정뿐인 가보다. 할머니가 어떤 심정으로 한 글자씩 써내려갔을지 나로서는 짐작할 수 없지만, 죽음을 앞두고도 자식들의 주머니와 마음의 짐을 덜어주고자 하는 마음을 절절히 느낄 수 있었다.

급히 큰 상주를 모셔와 편지와 봉투를 건넸다. 그는 떨리는 손으로 글을 읽은 다음 가위로 테이프를 잘라 그 안의 현금을 확인하더니 바닥에 털썩 주저앉아 아이처럼 울었다. 60대의 나이지만 그 시간만큼은 어머니의 품에 안겨 서러운 울음을 토해내던 꼬마 시절로 돌아간 것 같았다. 기척을 들은 가족들이 방으로 들어와 비슷한 모양새로 어깨를 들썩였다. 방금 전까지 경계하는 눈빛으로 서로를 노려보고 삿대질하던 모습은 어느새 자취를 감췄다. 눈에 보이진 않지만 할머니가 저들 사이에서 인자한 미소로 등을 토닥이고 있을 것이다. '괜찮다. 다 괜찮다' 하시면서.

할머니의 입관식이 끝난 후 상주가 내 손을 잡고 감사의 말을 전하며 몇 마디를 덧붙였다.

"3년 전에 아버지를 먼저 보내드렸는데, 그후로 유독 쓸쓸해하셨어. 아들들이 모시겠다고 했는데도 아버지랑 살던 집을 떠나기 싫으셨던 모양이야. 자식들한테도 부담 주기 싫고, 손주들도 머리가 커서 눈치가 보인다나. 한사코 마다시더라고. 그러다 한 며칠 전화를 안 받으셔서 주말에 날 밝자마자 가보니까 글쎄……. 그렇게 됐지 뭐야. 아휴. 다 내가 못 모셔서 이리 된 건가 싶어. 내 탓이지 뭐. 어쨌든 고맙네. 고생했어."

마땅한 위로의 말이 바로 떠오르지 않아 두 손을 공손히 하고 고개만 연신 꾸벅였다. 할머니가 그토록 그리워했던 할아버지와 재회하여 왜 벌써 왔냐며 꾸지람도 듣고, 또 언제 그랬냐는 듯 다정히 껴안으며 꽃밭을 거니는 상상을 했다. 자식들 걱정일랑 다 내려놓고 새털처럼 가볍게 다른 세상에서 유영하길 간절히 기원했다.

죽은 자의 살아 있는 목소리를 듣는 것.
그리고 산 자의 죽어가는 목소리를 감싸안는 일.
그것이 남은 이들의 숙명일 수도 있지 않을까.
그렇게 곰곰이 되뇌며
물끄러미 하늘을 한번 올려다봤다.

슬픔을
가두다

가슴 아픈 다큐멘터리나 오열하는 드라마 속 주인공을 보고 있자면 나도 모르게 눈물이 난다. 감정을 지닌 사람이라면 누구나 그럴 것이다. 그런데 장례 일을 하다보니 슬픔을 억눌러야만 할 때가 많다. 옆에서 누가 울기만 해도 저절로 눈물이 나는데, 가족을 떠나보낸 심정을 코앞에서 마주한다는 건 여간 힘든 일이 아니다. 일을 하며 울음을 참을 수 있는 온갖 방법을 궁리해보았다. 시선을 땅에 두고 머릿속으로 다른 생각을 한다든지, 손톱으로 허벅지를 긁어 뇌의 반응기전에 교란을 일으키는 등 제한된 자세와 상황에서 할 수 있는 방법을 두루 시도해보았다. 대부분 어느 정도는 효과가 있었다. 그런데 이마저도 약발이 들지 않을 때가 있기 마련이다. 부모님의 입관을 지켜보며 통곡하던 상주를 뵙고는 코를 훌쩍이며 사무실로 돌아오니, 선배가 피식 웃으며 한마디한다.

"야. 너 장례지도사 되려면 아직 멀었다. 장례지도사는 울면 안 된다는 거 몰라? 그렇게 약해빠져서 어디 일 하겠냐?"

선배는 어깨에 힘을 잔뜩 넣고 으스댄다. 참 내. 장례지도사는 사람도 아닌가. 울면 안 된다는 규칙이 언제부터 생긴 건지는 모르겠지만 나보다 훨씬 오래 근무한 선배가 그렇다고 하니 어쩌겠는가.

"운 거 아니라고요. 감기 걸려서 콧물 나는 거예요"라고 둘러대보지만 별수없다. 고객을 내 가족처럼 모시라고 해놓고는, 가족이 돌아가셨는데 울지 말라는 게 말이 되나 싶었다.

오늘 모실 고인은 초등학교 5학년 여자아이이다. 나이를 듣고 깜짝 놀라면서도 숨길 수 없는 직업병이 도졌다. 수의는 남녀 구분만 있을 뿐 사이즈가 한 가지라서 체구가 작은 어린아이의 몸에 맞을지 신경이 쓰였다. 사실 그보다는 고인의 부모님부터 살피는 것이 맞는데 말이다. 한참 친구들과 발랄하게 뛰어놀 나이에 불치병에 걸려 치료를 받은 지 불과 6개월 만에 안타깝게 숨을 거두었다고 한다. 이런 날벼락이 어디 있겠는가. 죽음이 아무리 예측 불가라 해도 너무 가혹하다는 생각이 든다.

차갑게 식어 누워 있는 소녀의 신장은 그나마 웬만한 성인 여성과 비슷했다. 그러나 얼굴은 무척 앳되어 보인다. 투병 기간이 짧아서 그런지 많이 야위지도 않아, 당장에라도 눈 비비고 일어나 친구 집에 놀러갔다 오겠다며 부산스럽게 장롱 속의 옷을 고를 것만 같다. 왜 네가 여기 누워 있는 거니. 도대체 왜. 피부가 너무 고와서 화장을 해줄 필요도 없겠다. 이렇게 예쁘고 여린 아이에게 거친 수의를 입혀야만 하는 현실이 슬프다. 달리 표현할 말이 떠오르지 않는다.

아이의 부모도 젊은 편이다. 30대 중후반쯤 되어 보이는 아버지와 어머니, 그리고 초등학교에 갓 입학한 남동생이 소녀의 마지막 단장을 지켜봤다. 부부는 서로의 손을 꼭 쥐며 속이 짓무르는 아픔을 나눈다. 눈으로 보면서도 믿을 수 없는 광경이다. 몸을 배배 꼬며 엄마의 한 손에 매달려 칭얼대는 동생은 누나가 잠깐 잠이 들었다고 생각할까. 아직 죽음이란 게 뭔지 모를 나이다. 자주 다투긴 해도 가끔 맛있는 간식이 생기면 새침하게 손에 쥐여주던 누나의 흔적을 집에서 찾을 수 없을 때에야 이 죽음을 실감하게 될까.

나 역시 어린 시절에 사촌동생을 먼저 보내야 했다. 놀이터에서 친구들과 즐겁게 놀다가 갑자기 힘없이 쓰러져 구급차에 실려갔는데 뇌출혈이라고 했다. 열 살밖에 안 된 동생은 뇌혈관이 얇아 수술도 할 수 없는 상태였다. 중환자실에 갇힌 동생을 당장 면회할 수도 없어 보호자들 방에서 대기하고 있었다. 그곳에는 위독한 자녀를 둔 부모들이 환자보다 더 창백한 얼굴로 주저앉아 있었다.

"뇌출혈이요? 그거……. 설령 살아난다고 해도 정상적인 생활은 못한대요. 의사표현도 제대로 못해서 평생 옆에서 돌봐줘야 하고. 그러다 보호자가 먼저 떠나버리면 어떡해요. 차라리 그냥 편하게 보내주는 게 더 복일지도 몰라요."

나는 그때 아주머니들의 말을 잘 이해할 수 없었다. 그저 살아만 주면, 얼마 전처럼 눈을 뜨고 걷기만 하면 그게 축복이라고 여겼다. 그런데 부모님들은 이후의 삶을 더 염려하고 있었다. 사는 것보다 죽는 게 낫다는 그 말에 아무도 이의를 달지 않았다. 고개를 떨어뜨리고 주먹으로 가슴을 치는 것 외에는 할 수 있는 일이 없었다.

동생은 입원한 지 얼마 되지 않아 돌연 천사가 되어 떠났다. 쓰러지기 일주일 전, 놀이터에 가자고 내 다리를 잡아끌며 응석을 부리던 녀석, 그 부탁을 거절한 것이 두고두고 한이 된다. 나는 어리다는 이유로 동생의 장례식장에 갈 수 없었다. 동생의 영정사진 밑 제단에는 평소에 좋아했던 과자들을 소복이 올려두었다고 했다. 부모님들도 더 못해준 게 마음에 걸렸던 것이다. 몇 년이 흘러 개구쟁이 얼굴을 한 동생이 꿈에 나타났다. '누나. 나 이제 안 아파' 하며 활짝 웃는 그 모습을 보고서야 동생의 죽음을 받아들이게 되었다. 그전까지는 끊임없이 자책하며 스스로를 작은 구덩이 안으로 밀어넣었다. 그 탓인지 애늙은이라는 말을 자주 들었다. 아이답지 않은 아이가 되어버린 것은 결코 기특하기만 한 일이 아니다.

며칠 뒤 세 살짜리 아이의 입관을 하게 되었다. 특별한 사고가 있었던 것도 아니어서, 이 아이도 일찍 하늘의 부름을 받았다는 생각이 들었다. 유아의 경우에는 수의가 아니라 평소에 좋아하던 옷을 하나 골라 입힌다. 파란색 자동차가 그려진 내복을 가장 즐겨 입었다고 했다. 수의처럼 가짓수가 많은 것도 아니어서 위아래 옷 입히고 양말까지 신기는 데 5분이 채 걸리지 않았다. 꼬마 아이가 서늘한 금속 위에 이불도 없이 누워 있는 것을 보니 기분이 너무도 착잡했다. 그때 옆에 있던 선배의 어깨가 갑자기 요동치기 시작했다. 얼마 전까지만 해도 훌쩍이던 나에게 자격이 없다고 나무랐던 그가 가족들보다 더 큰 소리로 울고 있다. 그에게도 저만한 아이가 있다. 집에 있는 아이 생각이 나서 감정이 더 격해진 모양이다. 그 역시 장례지도사이기 전에 한 아이의 아비였던 것이다.

멍울이 맺힌 울음은 언젠가 한 번은 터지기 마련이다. 매번 꾹꾹 눌러둔 눈물주머니는 어느새 걷잡을 수 없이 커진다. 잠시 피해간다 해도 소용이 없다. 슬픔은 어디에나 도사리고 있으니까. 그러다 한순간 탁 하고 터져 흩뿌려진대도 어쩔 수 없지. 울지 않으면 사람이 아닌 것을.

사랑은
다 태워버리는 것

2009년에 〈내 사랑 내 곁에〉라는 영화가 개봉되었다. 여성 장례지도사가 주인공으로 등장하는 영화는 처음이라서 유독 관심이 갔다. 일을 시작한 지 1년 남짓 되었을 때라 영화에서 장례지도사가 어떤 모습으로 그려질지 궁금했다. 여주인공 지수는 장례 일을 하며 루게릭병을 앓는 남편을 돌본다. 그녀는 시시각각 다가오는 그의 죽음 앞에서도 밝고 씩씩하게 일상을 채워간다.

영화 속 병실에는 거동하기 어려운 여섯 명의 환자가 힘없이 누워 있다. 그들 곁에는 기적만을 간절히 바라는 가족들이 맴돈다. 그러나 같은 병실 환자가 느닷없이 사망선고를 받는 광경을 지켜보면서 다들 본능적으로 죽음에 대한 두려움을 느낀다. 근육이 서서히 마비되어 눈을 깜박이는 것 외에는 아무것도 할 수 없는 지경에 이르자, 남편은 지수가 걱정되어 일부러 매몰차게 굴며 떠나라고 말한다. 주변 사람들도 지수를 말린다. 그거 사랑 아니라고. 욕심이고 동정이라고. 그런 그들에게 그녀가 외친다.

'너희들이 뭘 알아. 너희들이 사랑을 알아? 사랑은⋯⋯ 다 태워버리는 거거든.'

그녀는 용감한 사람이다. 남편이 불치병에 걸렸다는 걸 알면서도 사랑에 빠졌고 끝까지 곁을 지켰다. 비록 영화에서는 시체 닦는 여자라는 이유로 연거푸 이혼당한 것으로 설정되어 있지만, 남의 이목 따위 아랑곳하지 않고 자신만의 소신으로 사랑을 선택했다. 그녀의 사랑은 미래가 아니라 현재 그 자체이다.

'지금 이 순간들이 하나하나 모여서 나중이 되는 거예요. 나, 그런 사람들 진짜 많이 봤어. 나중에 행복해지려고 돈 안 쓰고, 먹고 싶은 거 안 먹고. 그래서 나중에 막상 살 만하다 싶을 때 암 걸리고 사고당해서 죽고 그런 거. 그러니까 나중 생

각 말고 그냥 즐길 수 있을 때……. 석양 좋잖아. 젊음을 확 불
살라버리자고요.'

　　그녀처럼 용기 있는 사람을 또 만난 적이 있다. 한번은 체
구가 너무도 앙상한 고인을 모셨다. 5년간 몸에 생명 유지 장
치를 주렁주렁 달고 힘겨운 사투를 벌였다고 했다. 몸을 움직
이지 못하니 근육도 빠지고, 제대로 먹지 못하니 거죽만 남았
다. 가냘픈 팔에 무수히 드러난 바늘 자국들을 보기만 해도 아
련한 통증이 전해져왔다. 그래도 남편은 아내를 끝까지 포기
할 수 없었다. 눈의 깜박임만으로도 의사소통이 가능했다. 조
금만 더 참고 기다리면 기적처럼 벌떡 일어나 예전의 아내로,
아이들의 엄마로 돌아올 것이라 믿었다. 그러나 야속하게도
의사가 약속했던 시간을 넘길 순 없었다. 그도 아내만큼이나
야위어 있었다.

　　울 힘도 남아 있지 않았다. 퀭하니 푹 파인 눈으로 아내를
내려다보며 뼈 모양이 그대로 드러난 손을 매만졌다. 아빠 옆
에 서 있던 어린 아들이 조용히 물었다.

　　"이제 엄마 안 아픈 거야? 이제 안 아프대?"
　　"응. 엄마 이제 안 아파. 천국에 가면 엄마 이제 밥도 잘
먹고, 잘 걸어 다닐 수 있어."

"정말? 그래도 엄마 못 보게 되는 건 싫은데."

"엄마는 멀리 가도 하늘에서 항상 널 지켜보고 있을 거야. 보고 싶어도 조금만 참고 엄마 좋은 데로 보내주자. 아빠랑 약속했지? 잘할 수 있지?"

"응······."

엄마의 손길이 한참 아쉬울 나이에 벌써 이별의 무게를 느껴야 하다니. 아이가 안쓰러웠다. 그래도 엄마가 더이상 고통받지 않을 수 있다면 그냥 받아들이겠노라 다짐한 그 마음이 너무 기특해서 눈물이 났다. 접객실에는 병원 유니폼을 입은 두 여성이 조문을 왔다며 기다리고 있었다. 호스피스 병동에서 고인을 함께 돌보던 간호사분들이라고 했다. 같이 대화도 나누고 애환도 털어놓으며 지내다가 끝내 장례식장에 안치된 환자를 뵙는다는 게 어떤 기분일지 상상이 되지 않았다. 그들은 한 가족처럼 안타까워했다. "환자분 돌보느라 고생 많으셨겠네요" 하며 운을 떼자 그들이 손사래를 치며 말했다.

"아이고 어디 저희가 고생했나요, 남편분이 다 했지. 얼마나 지극정성이었는지 몰라요. 다들 만사 제쳐두고 와 계시긴 하지만, 저분은 말도 못해요, 진짜. 한시도 눈을 안 떼더라니까. 오죽하면 시댁에서 글쎄 아들 고생한다고, 사람 쓰지 왜 고생을 사서 하냐고 끌고나가려 했다니까요. 그래도 들은 체도 안 하고 끝까지 버텼어요. 저런 남편이 세상에 또 어디 있겠어요."

그는 아내를 위해 할 수 있는 거라면 다 했다. 모든 사랑을 주었다. 물불 안 가리고 몸을 던지는 불나방처럼 모든 것을 남김없이 불살랐다. 그렇게 장렬히 타버렸는데도 일말의 후회가 남았는지 자리를 뜨지 않고 영정사진만 하염없이 바라보고 있다. 그에게 사랑이란 무엇일까. 한철 뜨내기처럼 왔다가는 열병도 아니고, 고독함을 피하려는 도피처도 아니다. 온전히 내 모든 것을 다 내주고도 끝내 사랑하는 이의 마지막 주검까지 직접 거두어야 하는 참담함이다. 눈부시도록 아름답지만 동시에 몸서리쳐지도록 시리다. 그의 소리 없는 속울음이 떨어지는 갈잎보다 구슬프게 들려왔다.

보이지 않아도
곁에 있어요

내 직업을 아는 친구들은 간혹 엉뚱한 질문을 해온다. 장례 일을 하게 되었다고 처음 얘기했을 때는 "어머, 정말? 무섭지 않니?" 하며 의아해했지만, 언제부턴가 호기심 가득한 눈을 하고 묻는다.

"혹시 일하면서 신기한 경험이라든지, 무슨 소리가 들린다거나 헛것이 보인다거나 그런 적 없어?"

그런 게 어디 있냐고 핀잔을 주면 실망한 표정으로 "그렇지? 그런 게 있을 리 없지" 하며 화제를 돌린다. 직접 모신 고인들의 상태 등을 얘깃거리로 삼기도 싫었다. 계약서에 따로 명시되어 있진 않지만 암묵적으로 고객과 나 사이의 비밀을 유지하는 것이 예의라고 생각했다. 장례지도사는 3일 동안 그 가족의 일원이나 마찬가지인데, 내 집안 사정을 입 밖에 쉬이 드러낼 수는 없는 일이다. 그렇지만 사실 그런 특별한 경험이 아주 없었던 것은 아니다. 받아들이기에 따라 다르겠지만, 세상에는 상식적으로 설명되지 않는 일들이 종종 벌어진다. 모처럼 한가로운 오후. 차를 마시며 지금까지도 기억에 남는 사건들을 가만히 떠올려보았다.

장지에 다녀오는 길. 장의버스가 장례식장으로 복귀하면 차량 승무원과 장례지도사가 가장 먼저 내려 문 앞에 선다. 상주가 한 분씩 내리면 공손히 인사를 한다. 그런데 갑자기 여상주님이 차에서 내리다가 본인의 치맛자락을 밟는 바람에 앞으로 고꾸라져버렸다. 곁에 있던 직원들과 가족들이 전부 소스라치게 놀랐다. 장례중에 어떤 사고라도 나면 장례지도사도 책임을 면할 수 없다. 상복이 너무 길다거나 차량 계단이 미끄럽다는 등의 불만은 얼마든 나올 수 있었다. 차에서 먼저 내려 서 있던 남자 상주가 재빨리 그녀를 일으켜세웠다.

"괜찮아? 아유. 조심 좀 하지."

"어휴, 괜찮아요. 휴. 이 김밥이 아니었더라면."

넘어졌던 여상주의 한 손엔 장지에서 먹으려고 미리 맞춰둔 포일에 싸인 김밥이 넝마가 되어 들려 있었다. 넘어지면서 그 손을 땅에 먼저 짚는 바람에 김밥이 쿠션 역할을 해주어서 다치지 않았다. 터진 김밥 옆구리가 그렇게 고마울 수가 없었다. 지켜보던 나이 지긋한 큰 상주가 안도의 한숨과 함께 웃으며 분위기를 바꿔놓았다.

"허허허. 어머니가 생전에도 당신을 많이 아끼시더니, 하늘에서 지켜주셨나봐. 허허."

그 순간에는 그렇게 믿고 싶었다. 혹여 상처라도 났다면 그 상처가 아물 때까지 그날의 슬픈 장례를 떠올릴 수밖에 없었을 것이다. 정말이지 곁에서 누군가가 그녀를 보호해준 게 아닐까. 가족들은 그렇게 장례 끝 무렵에 어머니의 손길을 떠올리게 되었다. 나도 덩달아 고인과 가족들에게 고마움을 느꼈다.

하루는 입관 전에 고인을 살펴드리려고 이불을 걷었는데 고인이 눈을 부릅뜬 채로 누워 계셔서 흠칫 놀랐다. 보통은 손으로 안면 근육을 부드럽게 풀어드리면 다시 감기곤 했는데, 이분은 무슨 사연이 있는 건지 아무리 감겨드리려 해도 감기지가 않았다. 억지로 힘을 주어 당기면 피부가 상할 수도 있다. 하는 수 없이 탈지면으로 눈을 살포시 덮은 채 입관을 진행했다. 그런데 수의를 입혀드릴 때 몸이 좌우로 흔들려서 그만 탈지면이 벗겨져 가족들이 고인의 얼굴을 마주하게 되었다. 그 모습을 본 따님이 통곡을 했다.

"아이고, 어떻게 해. 우리 엄마 눈도 못 감았어. 아이고, 얼마나 보고 싶었으면 세상에……."

해외 출장을 간 막내아들이 아직 장례식장에 도착하지 못했다. 서둘러 오는 중이라고 했지만 장례식장의 입관 일정이 밀려서 시간 조정을 하기가 어려웠다. 도착 예정 시간이 다 되어가는데 차가 심하게 막히는지 아직 소식이 없었다. 숨을 거두는 순간까지 어머니는 힘겨운 목소리로 막내는 어디 있냐고 물으셨다. 손수건에 얼굴을 묻고 차마 어머니를 더이상 지켜볼 수 없다는 듯 오열하는 가족들 때문에 잠시 기다렸는데, 그때 문이 열리며 한 남자가 급하게 뛰어들어왔다.

"엄마! 우리 엄마 어디 있어? 엄마! 나 왔어, 엄마. 이게 뭐야. 왜 이러고 있어, 엄마……. 아, 미안해요, 미안해."

비행기를 오래 타서 녹초가 되었을 몸으로 숨이 턱까지 차도록 달려왔나보다. 누가 말릴 새도 없이 그는 어머니의 수의에 얼굴을 묻고 펑펑 울었다. 옆에 서 있던 가족들도 조금 전보다 더 크게 울었다. 나도 눈물을 참으려고 뒤돌아서서 애꿎은 천장만 바라보았다. 더는 지체할 수 없어 가족 한 분께 부탁드려 그를 일으켜세우자, 요지부동이던 어머니의 눈이 스르르 감겼다. 입관 전 마사지를 해드린 근육이 때마침 풀어진 걸까, 아니면 보고팠던 막내가 와주었으니 이제 여한이 없으셨던 걸까.

어떤 의사의 수기에서 이와 비슷한 이야기를 읽은 적이 있다. 당장에 사망 선고를 내려도 이상하지 않을 만큼 위독한 환자가 있었는데, 놀랍게도 심장은 미세한 박동을 유지했다. 그렇게 며칠 동안 의식이 없는 채로 생사를 오가다, 뒤늦게 도착한 아내가 남자의 손을 잡자 비로소 숨을 거두었다는 이야기다. 이처럼 삶과 죽음의 경계에서, 또는 죽음 이후에도 불쑥 벌어지는 믿을 수 없는 일들은 결국 사랑이라는 것으로 설명할 수밖에 없다. 비록 곁에 있지 않아도 가슴 속에 살아 있는 그리운 이들의 숨결은 영원하다.

가는 데
순서 없다

같이 일을 하던 선배의 장례식에 동료들이 옹기종기 모였다. 모두가 장례를 업으로 하는 사람들이라서 밤늦게야 거의 상자리가 찼다. 옷은 따로 갖춰 입을 필요가 없다. 평상복이 죄다 시커먼 색이니. 간혹 등짝에 '○○상조'라고 새긴 옷을 입고 있는 동료를 보면 "야, 넌 뭐 촌스럽게 그걸 내동 입고 다니냐" 하며 핀잔을 준다. 50대 가장의 갑작스러운 죽음은 침통하기 그지없는 일이지만 서로 애써 담담한 척, 슬프지 않은 척 가면을 쓴다.

영정에 꾸벅 절을 하고 나와서 구부정하게 앉아 늦은 저녁식사를 한다. 고인의 사망 경위에 대한 얘기는 굳이 꺼내지 않는다. 1년 전에 느닷없이 선고받은 임 때문이라는 것은 다들 이미 알고 있다. 젊은 나이에 암으로 떠나는 사람이 왜 이렇게 많은지. 그런 한탄조차 부질없다는 것 또한 안다. 밀려드는 동료들에게 연신 고맙다고 인사하는 화장기 없이 수척한 아내와, 헐렁한 유아용 상복을 입고 뜀박질을 하는 어린 아들이 애처로울 뿐이다. 다들 비슷한 나이대라 그런지 남의 일 같지가 않다. 말없이 술잔만 기울이고 있는데, 익살스럽기로 유명한 팀장이 먼저 적막을 깨고 농을 던진다.

"성. 나중에 성 죽으면 내가 옷 입혀줄 텡께, 걱정 말드라고."

"야 됐어. 너를 어떻게 믿냐. 난 내가 알아서 옷 다 입고 내 발로 관에 들어가서 죽을란다."

"아따, 어째 그런다요. 나가 염 젤로 잘하는 거 암시로. 그러고 우덜 집안은 대대로 백 살꺼정 사는 장수 집안이라, 못해도 형보담 내가 십 년은 더 살지 않겠소. 허허허. 나가 야물딱지게 입혀볼라니까 함 맡겨보소."

"어이구. 내가 무슨 수를 써서라도 너보다 하루는 더 산다, 이놈아."

시답잖은 농담을 하면서도 마지막 순간에 대한 두려움은

쉬이 가시지 않는다. 나이가 적건 많건, 건강하건 아프건 간에 가는 데 순서 없다는 것을 누구보다 잘 아는 그들이다. 하릴없이 애꿎은 술잔만 채워대는 겨울밤. 그들의 얼굴처럼 내일이면 끝날 장례식도 얼큰히 무르익는다.

그는 생전에 시신기증 서약을 했다. 사망 후 의과대학에 자기 몸을 기증하면 의학 발전을 위한 해부 및 연구에 쓰인다. 장기기증의 경우에는 안구와 장기들을 적출한 뒤 시신을 다시 가족에게 넘겨주지만, 시신기증의 경우 화장이나 매장 등의 마지막 장례 절차는 2~3년의 연구 기간이 끝난 이후에나 밟을 수 있다. 물론 연구가 종료되면 해당 의과대학에서 장례 절차를 마무리한다. 이런 숭고한 결심은 고인뿐만 아니라 가족들이 동의해야 실행으로 이어질 수 있다. 그는 평소에 '어차피 죽으면 불타 사그라질 몸. 누군가에게 도움이 되면 좋지 않겠어?'라고 아내에게 얘기했다고 한다. 아내는 그런 말을 들을 때마다 무슨 징그러운 소릴 하느냐고 퉁명스럽게 응했지만, 남편의 뜻을 저버릴 수 없어 어렵사리 승낙했다고 한다.

장례를 진행하다보면 시신기증이나 장기기증을 미리 서약해놓은 고인들을 종종 만날 수 있다. 다만 고인의 뜻이 아무리 각별하더라도 배우자나 자녀가 기증을 거절하는 경우도 적지 않다. 몇 달 전에 만난 어떤 아들이 그랬다. 고인은 독

실한 가톨릭 신자였는데, 생전에 김수환 추기경께서 장기기
증을 하고 선종하신 것을 보고 기증을 신청했다. 실제로 김 추
기경의 선종 이후 그의 뜻에 감동한 수많은 사람들이 예년의
2배 넘게 기증운동에 동참했다. 시신기증이나 장기기증에 대
한 인식이 '막연히 두렵고 꺼림칙한 것'에서 '사랑을 표현하
는 하나의 방법'으로 인식되어가고 있었다. 그러나 의사였던
아들은 아버지의 시신기증동의서에 서명을 하지 않았다. 왜
냐고 묻는 이는 없었다. 그가 직접 해부학 실습을 해본 경험이
있어서 아버지의 육신이 어떤 과정을 거칠지 선명하게 그려
졌기 때문인지, 또다른 이유가 있었는지는 알 수 없다. 그렇다
고 아들을 비난할 이유도 없다. 유족으로서 선택할 수 있는 권
리가 있기 때문이다.

며칠 후 고민 끝에 나도 장기기증 서약을 했다. 소심한 마
음에 시신기증까지는 차마 자신이 없어 소박하게 장기기증만
신청했다. 한 장짜리 신청서에 인적사항만 간단히 적으니 접
수가 금세 끝났다. 뇌사자 1명의 장기기증으로 9명의 환자에
게 생명을, 2명의 시각장애인에게 세상의 빛을 선물할 수 있
다고 한다. 내 몸 하나로 이렇게 많은 이들에게 축복을 줄 수
있다는 게 믿기지 않는다. 마침 운전면허시험에 합격한 지 얼
마 되지 않았을 때라 발급된 면허증을 받아보니 하단에 '장기

기증'이라는 작은 글씨가 보였다. 증명사진 바로 밑에 쓰여 있어 조금 무섭기도 했지만, 작은 훈장 하나를 미리 받은 것처럼 뿌듯하기도 했다. 어머니한테 보여드리니 장기기증 표식을 보시고는 '뭐 이런 걸 다 했냐'며 인상을 쓰셨다. 기증 행위가 싫었던 것인지, 아니면 딸의 죽음을 미리 연상하는 게 불편하셨던 건지는 모르겠다. 당장엔 받아들이기 쉽지 않겠지만 다들 공감해줄 것이다. 더불어 살아간다는 것의 의미를. 나눌 수 있다는 것이 얼마나 고마운 일인지를.

유난히 선하고 따뜻한 웃음을 짓던, 아직은 떠나기에 일렀던 그를 가만히 떠올린다. 예고도 순서도 없이 가는 야속한 인생, 그저 숨 멎은 몸이나마 의미 있는 곳에 보내면 그 허망함을 달랠 수 있으려나. 눈물겨운 날들은 저만치 잊고, 슬픔 없는 나라로 가서 희고 깨끗한 몸 한 번 더 받아 철모르는 아이로 다시 태어났으면 좋겠다. 말갛던 미소만 그대로인 채로……

인간의
품격

장례 일을 하면서 유족들에게 '감사感謝'하다는 말을 참 많이 듣는다. 불규칙한 업무에 생활 리듬이 깨지고, 손과 발이 저리듯 쑤셔도 그런 말을 들으면 피로가 한순간에 풀린다. 가끔은 보잘것없는 내가 이런 과분한 인사를 받아도 되는가 싶어서 볼이 빨개지며 몸 둘 바를 모르겠다.

그런데 아주 가끔은 다른 의미의 '감사監査'를 하시는 분들도 있다. 장례지도사들이 일을 제대로 하고 있는지, 이용하는 장례 상품의 가격이 과연 합리적인지, 시든 꽃을 사용하진 않았는지, 제공하기로 한 장례용품을 다 챙겨주었는지 등 서비스의 세세한 항목까지 깐깐하게 확인하시는 고객들이 있다. 소비자 입장에서는 당연히 그렇게 합리적으로 따져볼 만한 권리가 있고, 이에 직원들은 분명하게 안내할 의무가 있다. 그래도 일반적인 고객을 대할 때보다 긴장되고 목이 타는 것은 어쩔 수 없는 사실이다.

한번은 상주님과 기본적인 상담을 마치고 접객실로 옮겨서 상 하나를 펴고 앉아 서류 정리를 하고 있는데, 주방 쪽에서 시끌시끌한 소리가 들린다. 무슨 일인지 궁금해서 가보니 한 중년 여성이 접객 도우미들에게 야단을 치고 있었다.

"이봐요. 음식 주문을 이렇게 하면 어떻게 해요? 먼저 상의를 했어야죠!"

"예? 아……. 아니 저희는 아까 여상주님하고 의논을 해서 주문을 한 건데요."

"이 집의 음식은 다 내가 담당한다고요. 그리고 여기 홍어회가 3킬로 왔다고 되어 있는데, 진짜 3킬로 맞아요? 눈대중으로 보고 어떻게 믿어요? 여긴 저울도 없어? 저울 가져와. 저울!"

옆에서 보기가 안쓰러워 내가 저울을 구해오겠노라고 말씀드리고 급히 장례식장 사무실로 달려갔다. 다행히도 식당에서 쓰고 있던 것을 빌려서 뜀박질을 했다. 저울을 받아든 그녀는 의심의 눈초리로 모든 음식의 무게를 달아보기 시작했다. 음식은 주문서에 명시된 무게를 확인하고 내기 때문에 큰 오차가 날 리 없었다. 그러나 여전히 성에 차지 않는지 이건 맛이 싱겁다, 저건 짜다고 타박을 하다가 도우미의 앞치마 모양까지 마음에 들지 않는다며 투덜거렸다. 왠지 오늘 하루가 여느 때보다 고될 것 같다는 불안감이 몰려왔다. 조금 전 가족들과 상담할 때는 분명히 자리에 없던 분인데. 친척분인데 조금 늦게 오셨나 해서 여상주님에게 살짝 물어보니 의외의 대답을 하셨다.

"아, 우리집에서 음식 하는 사람인데요."

그러나 언뜻 가정부라기보다는 모든 집안 살림을 도맡아 하는 분 같았다. 그녀와 비슷한 나이대의 한 남성분은 빈소 입구에 서서 신발 정리에 여념이 없었다. 그분은 집사라고 했다. 드라마에서만 보던 가정부와 집사가 있는 엄청난 부잣집인 듯했다. 그러나 그것은 나에게 중요한 문제가 아니었다. 그저 그녀의 심기가 더이상 불편해지지 않기를 마음속으로 빌었다.

다음날 고인의 입관식에도 그녀와 집사가 참석했다. 입관을 하며 조금이라도 실수를 했다가는 또 무어라 트집을 잡을 게 뻔했다. 날카로운 시선이 느껴져 부담스러웠다. 가까스로 태연한 척 진행하면서 가족들에게 고인과 마지막 인사를 나누시라고 안내하자마자 갑자기 그녀가 고인의 얼굴 옆에 엎드려 통곡하기 시작했다.

"흐흐흑, 정말 존경했습니다. 정말…… 존경했습니다."

얕게 흐느끼던 가족들이 순간 놀란 표정을 지었지만, 누구 하나 나서서 말리는 사람은 없었다. 고인이 무척 자상하고 인자해 보인다는 느낌은 받았지만, 얼마나 인격이 훌륭하시기에 피를 나누지 않은 그녀가 이토록 슬퍼하는 걸까. 그리고 그녀는 무슨 까닭에 고인을 온 마음으로 존경하게 되었을까.

젊은 시절 자수성가하여 큰 사업체를 운영하게 된 고인은 평소에도 겸손함을 잃지 않고 직원들이나 아랫사람들을 친절히 대했다고 한다. 사실 규모가 있는 상가를 맡아 진행하다 보면 간혹 하대하듯 거만하게 구는 사람들을 보곤 하는데, 이 가족들은 시종일관 차분하고 조심스럽게 일을 처리해나갔다. 장례 절차 하나를 결정하는 데도 형제들이 서로 의견을 나누고 두루 경청한 다음 결론을 내렸다. 이 모든 것이 고인의 인품을 물려받은 덕이 아닐까. 유족들을 보면 돌아가신 분의 인품이 고스란히 드러나는 것 같다.

백년손님과
개자식

웬일인지 오늘 빈소는 분위기가 왁자지껄하다. 고인이 고령이신 걸 감안하더라도 상가에 우는 소리보다는 웃는 소리가 더 크다. 일하는 사람 입장에선 나쁠 것도 없지만 약간 의아하긴 했다. 어찌된 영문인지 구석에 앉아 가만히 살폈더니 한 남성이 유난히 시답잖은 농담을 하며 분위기를 돋우고 있었다. 그분은 이 집안의 셋째 사위였다. 딸 셋에 아들 하나. 세 딸은 시집을 갔고 아들은 아직 혼자다. 자녀와 사위까지 합하면 벌써 일곱 명이다. 좁지 않은 공간에 한가로운 정오인데도 절반은 들어찬 느낌이다.

예부터 사위는 백년손님이라 했다. 언제든 깍듯이 대접

해야 하는 손님이라는 뜻으로, 처가에서 사위를 이르는 말이다. 할머니 세대만 해도 이른 나이에 시집을 가다보니 장인 장모와 사위의 나이 차가 얼마 나지 않았다고 한다. 그래서 자식이라 여기기보다는 어려운 손님 대하듯 거리를 두고는 했다. 또는 호주제로 인해 며느리는 시댁 호적에 오르지만 사위는 그렇지 않아 손님이라는 설도 있다. 명절에 며느리는 당연히 집안일을 돕지만, 사위는 대개 상 앞에 앉아 융숭한 대접을 받는다. 장례에서도 다르지 않다. 며느리는 손에서 쟁반을 놓을 새가 없지만, 사위는 그저 있는 듯 없는 듯 머무르곤 한다.

입관식에도 일곱 명이 모두 자리했다. 대렴을 마치고 인사 나눌 시간을 드리니, 셋째 사위가 서둘러 5만원짜리 한 장을 삼베 매듭 사이에 끼워넣었다. 그러자 눈치를 보던 첫째 사위가 주섬주섬 지갑을 꺼내 5만원짜리 두 장을 그 옆에 넣고, 이에 질세라 둘째 사위가 석 장을 얹었다. 노잣돈은 언급도 하지 않았는데 이분들 고향에선 으레 있는 일인 듯 자연스러워 말릴 새도 없었다. 노자를 하는 경우에는 대개 가족들끼리 미리 비슷한 액수를 정해서 하는데, 서로 경쟁하듯 액수를 높이다니. 그간 처가에 소홀했던 송구함 때문인지 아니면 주위의 시선을 의식해서인지, 그건 식구들만이 알 일이다. 나는 배운 대로 고인의 몸 위에 놓인 지폐를 모아 한지로 돌돌 말아서 입관이 끝날 때쯤 큰 사위에게 정중히 돌려드리려 했다. 그는 완강히 손사래를 치며 인상을 찌푸렸다. 마치 자기 체면이 구겨진다는 듯이.

고인은 딸 셋을 내리 낳고는 아들을 보셨던 모양이다. 그런데 이 귀한 맏상제는 아쉽게도 집안에서 힘이 없었다. 방패막이가 되어주던 어머니가 돌아가셨기 때문이기도 하겠지만, 이불보 속의 아기처럼 곱게 자라 여태 이렇다 할 직업도 없고 만나는 여성도 없었다. 장례 일정상 중요한 결정이나 안내를 할 때는 보통 큰 상주를 먼저 찾곤 하는데, 그때마다 아들은 풀이 죽어 "자형하고 이야기하세요"라며 고개를 돌렸다. 그래서 첫째 사위를 찾아가면 "저어기 둘째 형님한테 얘기해봐요"라며 또다시 돌려세웠다. 알고 보니 둘째 딸네 살림이 가장 넉넉한 편인 것 같았다. 서열도 아니고 나이도 아닌 경제력으로 사위의 발언권에 순위가 매겨졌다. 가족끼리도 암묵적인 동의가 이루어져 있었던 것 같다. 사실 장례식에는 적지 않은 돈이 들어간다. 생각해보면 형편이 어려운 처지에서 직원들과 얘기를 나누는 것도 꺼려질 법했다. 둘째 사위를 뵙자 늘 그래왔다는 것처럼 뭘 하면 되냐고 물어왔다. 마지막 날 장례비 정산도 결국 둘째 사위가 도맡아 했다.

발인 당일. 새벽까지 얼큰히 술에 절어 있던 셋째 사위의 걸음걸이가 어쩐지 불안하다. 어머니를 광중에 모시고 흙으로 덮어 봉분이 반쯤 완성되었을 때 인부들이 슬쩍 삽을 내려 놓고 무언의 눈빛을 보낸다. 수고비를 달라는 뜻이다. 나는 이때다 싶어 돌려드리지 못한 노잣돈을 둘째 사위 옆구리에 찔러주었다. 다행히 그가 모르는 척 받아넣어 한시름 덜었다. 순간 그때까지 비틀대며 묘 주위를 하릴없이 맴돌던 셋째 사위가 느닷없이 고함을 질러댔다.

"참말로 사위는 개자식이랑께. 사위는 개자식이여. 꺼억."

무슨 소린지 알아들을 수가 없었다. 술에 취해 헛소리를 하는 건가 싶었다. 본인 스스로 개자식이라고 하다니. 나는 무슨 일인가 싶어 몹시 당황했다. 나중에 어른들께 물어보니, 그 뜻은 사위에게 잘할 필요 없다는 걸 에둘러 표현한 말이라고 했다. 남의 딸자식을 데려가놓고는 코빼기도 안 비치는 사위를 향한 부모의 서운함을 뜻한다. 사위는 죄송했던 것이다. 듣고 보니 그의 외침이 뭉클하게 와 닿았다. 시집을 가고 나면 일 년에 두어 번 친정 가기도 어려운 가정이 얼마나 많은가. 자식을 기다리는 부모 마음을 생각하면 사위의 자책도 이해가 간다.

장례 내내 셋째 사위 주위는 떠들썩했다. 어찌나 말이 많고 익살스러운지 나도 몇 번이나 몰래 웃었다. 발인을 마치고 돌아오는 길에 그런 생각이 들었다. 셋째 사위가 마음이 참 아팠구나. 아내의 부모도 내 부모이거늘 왜 따뜻한 손길 한번 내밀지 않았을까. 자기만 그런 건 아닐 테지만, 슬피 우는 아내를 보니 그마저도 소용없다. "김 서방. 이것 좀 들게" 하며 내어준 고봉밥의 따끈한 온기와 미소가 당분간은 그 자리에 있으리라 생각했을 것이다. 죽음이 이렇게나 가까이 있었던가.

묘소 일이 다 끝나고도 셋째 사위는 봉분 주위에서 한참을 휘청거렸다.

끝내 부를 수 없는
노래

역에서 내려 합동분향소까지 걸어가는 15분 남짓이 영겁의
시간처럼 느껴졌다. 한여름의 장대비가 두터운 장막처럼 하
늘을 가려버렸다. 바람이 울부짖는 스산한 소리만이 인적 없
는 도로를 가득 메웠고, 어서 돌아오라 외치는 수십 장의 펼침
막들은 몇 차례 바뀐 계절의 흔적이 묻은 채로 나부끼고 있었
다. 동네 전체가 큰 장례식장이 되었다. 분향소가 점점 시야에
들어온다. 한 발짝씩 내딛기가 무섭다. 수백 가지 슬픔에 가까
이 다가가는 게 두렵다.

　이른 아침이라서 그런지 안산 세월호 참사 희생자 합동
분향소는 인적 없이 고요했다. 나는 조문객들에게 동선을 안

내하는 일을 맡았다. 멀리서 바라본 분향소는 육지 위에 떠 있는 커다란 배 같았다. 입구에 들어서니 수많은 영정사진이 한눈에 들어와 시선을 어디에 둬야 할지 갈피를 못 잡았다. 문을 열고 안으로 들어섰을 뿐인데 바깥 공기와는 확연히 달랐다. 장마철 웅덩이에 빗물이 고이듯, 유독 이 공간에만 슬픔이 가득 고여 있었다.

관계자를 만나 이야기를 나누고 있는데, 막 잠에서 깨어난 것처럼 헝클어진 머리에 슬리퍼를 신은 중년 여성이 분향소에 들어왔다. 관계자는 저분이 유가족 대표라고 귀띔을 했다. 단원고 희생자 중 한 학생의 어머니셨다. 분향소 옆에 컨테이너 박스로 만든 유가족 방에서 숙식을 해결하는데, 밤새 아이들이 잘 있었는지 눈을 뜨자마자 살피러 온 것이다. 그녀는 수척한 얼굴로 내 인사를 힘겹게 받았다. 세월호 참사가 일어난 지 2년이 조금 지났을 때다. 이 비극이 아니었다면 지금쯤 침대 위에서 조금만 더 자겠다고 칭얼거렸을 아이들인데, 어째서 이곳에 모여 있는 것인지. 어머니는 왜 집에도 못 가고 노숙을 하며 아이들을 보살펴야 하는 것인지. 형용할 수 없는 참담함이 파도처럼 밀려왔다.

희생자들의 영정 앞으로 가까이 다가갔다. 사진 주위를 장식한 꽃들은 가만히 숨을 죽인 듯했다. 제단 위는 학생들의 평소 애장품과 친구나 가족들이 보낸 편지들로 장식되어 있었다. 그것들을 자세히 읽어보다가는 일도 시작하기 전에 눈물바람이 일 것 같았다. 나와 함께 일하러 온 동생은 저쪽에서 벌써 소매로 눈가를 훔치고 있었다. 잠시 후 하나둘씩 사람들이 들어왔다. 방문자 수 집계를 하러 나온 공무원들은 작년보단 발길이 조금 줄었다고 했지만, 그래도 잊지 않고 찾아주는 분들이 있어 감사했다. 조문객들은 엄청난 수의 영정을 보자마자 탄식을 했고, 사연이 담긴 글과 손때 묻은 인형을 보면서 눈물을 흘렸다. 그 자리에 있는 모두가 같은 모습이었다.

오후가 되자 단체 조문객이 늘었다. 올망졸망한 아이들을 데리고 방문한 유치원 선생님, 휠체어에 부모님을 모시고 온 가족들, 교복 차림의 학생들은 희생자들을 잊지 않으려 가슴으로 울고 있었다. 반나절을 서 있었는데도 다리보다 마음이 더 저려왔다. 잠시 후 초를 꽂은 케이크와 먹을거리를 잔뜩 챙겨온 사람들이 한 아이의 영정 앞에 모였다. 오늘이 그 아이의 생일인 것 같았다. 한 분이 나에게 다가와 아이의 이름을 대며 양옆에 설치된 대형 스크린에 사진을 띄워달라고 부탁했다. 천진난만한 얼굴이 화면을 가득 채우자 옹기종기 모인 사람들은 일제히 소리 없는 박수를 치며 노래를 부르기 시작했다.

"생일 축하합니다. 생인 축하힙니나. 사랑하는······."

　노래 가락이 일순간 잦아들었다. 무슨 일인가 싶어 그쪽
을 바라보니 가족과 친지들이 아이의 사진을 바라보며 노래
를 부르다 차마 그리운 이름을 입 밖에 내지 못하고 전부 고개
를 떨어뜨린 채 흐느끼고 있었다. 노래를 끝까지 부를 수 있는
사람은 그곳에 없었다. 하얀 케이크 위에는 촛농이 속절없이
녹아내렸다. 입으로 촛불을 불어 꺼주어야 할 아이는 계속 환
하게 웃고만 있었다. 나도 더이상 보고 있을 수가 없어 뒤돌아
눈을 질끈 감았다.

　생일상과 함께 준비해온 곽 티슈 한 통을 다 비워내자 가
족들은 주섬주섬 돌아갈 채비를 했다. 분향소를 빠져나가기
전, 가족 중 한 분이 우리에게 다가와 곱게 쌓아올린 떡 접시
를 내밀었다.

"고생하십니다. 이것 좀 드시면서 하세요."
"아이고 이런 걸 다······. 감사합니다."

　저 먹먹한 괴로움 속에서도 일하러 나온 직원들을 신경
써주시다니. 정말 고마운 일이지만, 눈앞의 떡을 도저히 입에
넣을 수 없었다. 한 개라도 먹었다간 애써 꾹꾹 눌러온 눈물이

터져버릴 것 같았다. 정작 먹어야 할 아이는 먹지 못하는데. 다른 직원들의 심정도 비슷했나보다. 떡은 한참 동안 손길이 닿지 않은 채로 덩그러니 남겨졌다.

일이 끝나고 돌아가기 전에 상주들이 모여 있는 방으로 인사를 드리러 갔다. 머리를 암만 굴려도 적절한 말이 떠오르지 않았다. 그저 꾸벅 허리를 숙이기만 반복했다. 속이 거멓게 타고 몸까지 바싹 마른 유가족들은 수고했다며 오히려 나를 격려했다. 그리고 쓸쓸한 미소와 함께 말을 건넸다.

"시간 되실 때마다 이곳에 들러 우리 이야기를 들어주세요. 오가는 분들에게도 꼭 전해주세요. 분향소만 들렀다 가지 마시고, 꼭 우리 이야기를 들어달라고……."

나오는 길에 위태롭게 매달려 바람에 날리던 한 펼침막의 문구를 잊을 수가 없다.

'목숨이 삶으로, 무덤이 세상으로
침묵이 진실로 돌아가는 날의 꿈을.
더러워진 입술과 갈라진 심장으로 꿈꾼다.'

다른 사람들은 가족이 죽어도 3일장만 치르면 집으로 가는데, 이들은 무슨 죄가 있어 몇 넌이 흐른 지금까지 장례를 끝내지 못하고 진실을 울부짖으며 몸부림쳐야 하는가. 이 헤 어날 수 없는 절망에는 내 몫도 있다. 결코 잊지 말아야 한다 는 것. 그것은 남겨진 우리 모두의 몫이다. 푸르고 생기가 넘 쳐 더욱 잔인했던 어느 여름날. 끝내 부르시 못한 노래 가락이 가슴속에 메아리쳐 울렸다.

신지 못한
구두

"여보세요? 수진아. 할아버지가 방금 돌아가셨어. 지금 막 빈소 차리려던 참인데 너한테 전화부터 하려고……."

심장이 쿵 내려앉았다. 할아버지가 돌아가셨다니. 믿을 수 없다. 엊그제까지만 해도 정정하셨는데. 사인은 심장 혈관이 갑자기 막힌 것이었지만, 할아버지의 연세 정도 되면 대개 노환이다. 워낙 평소에 운동도 많이 하시고 여든아홉의 나이에도 인터넷으로 장기를 둘 만큼 배움의 욕구도 강하셨던 분이다. 백 살까지는 충분히 사실 거라 믿었건만, 아흔을 몇 개월 남기고 이렇게 허무하게 떠나시다니.

수년간 장례업에 종사하면서 부고를 접하면 슬픔보단 일의 순서가 먼저 떠올랐다. 장례식장이 어디이고, 가족은 몇 시까지 도착하실 것이며, 영정사진은 미리 찍어두셨는지 등 기계처럼 감정을 배제한 채 사무적인 말만 읊었다. 그런데 막상 내 가족의 부고를 들으니 머릿속이 새하얀 백지가 되었다. 일순간 모든 것이 멈추어버렸고, 맥없이 동공이 풀리며 말문이 막혔다. 무언가가 내 목을 힘껏 조여오는 듯했다. 장례 절차 따위는 하나도 중요하지 않았다. 마지막 순간 할아버지의 임종을 지키지 못했다는 절절한 아쉬움만 강하게 사무쳤다.

손을 덜덜 떨며 울먹이는 와중에도 어쩔 수 없이 내일 출근을 해야 하는 직장인이라서 회사에 전화부터 했다. 조부상이 났다는 내 말에 팀장은 울지 말라고 다독이며 내일 조문을 오겠다는 말만 남겼다. 간신히 옷을 주워 입고 장례식장으로 가는 한 시간쯤 걸리는 거리가 왜 그리도 구만리 같은지. 헐레벌떡 빈소에 들어서니 몇 년 전 미리 찍어놓은 영정사진이 꽃들 사이에 놓여 있다. 일을 하며 빈소를 차릴 때는 꽃이 예쁘게 장식되었는지, 혹여 비뚤거나 시든 것은 없는지 살피곤 했지만, 이번에는 오직 친숙한 할아버지의 얼굴만 눈에 박혔다. 주위 풍경은 하나도 보이지 않았다. 그 순간 부풀어오른 주머니를 누군가 바늘로 톡 터뜨린 것처럼 눈물이 와르르 쏟아졌다. 다리가 불편하신 할머니가 힘겹게 몸을 일으켜 절뚝이시며 나에게 다가왔다.

"괜찮다. 울지 말어. 할아버지는 딱 하루만 병원에 누워 계시다 편히 돌아가셨단다. 괜찮어."

"내가 구두 사드린 거 아직 신지도 못했는데. 아직 신지도 못했다고……."

무공훈장을 받으셨던 할아버지는 집 앞에 산책을 나갈 때도, 동네 슈퍼에 갈 때도 항상 옷깃에 훈장 배지를 달고 다니셨다. 일 년에 한두 번 국가유공자 모임에서 주최한 유적지 답사나 가벼운 국내 여행도 다녀오시곤 했다. 그날만 되면 옷깃을 잔뜩 세운 바바리코트에 갈색 모자를 쓴 멋쟁이로 탈바꿈한 모습이 길거리의 웬만한 청년들보다 멋있었다.

그런데 신발장에서 본 할아버지의 구두가 유난히 낡아 있었다. 발등은 검정색 구두약으로 번질번질 윤이 나도록 닦았지만, 뒷굽이 너무 닳아 한눈에 봐도 10년 넘게 신은 구두처럼 보였다. 그동안 너무 할머니만 챙겨드린 것 같아 죄송한 마음에 새 신발을 사드렸더니 어린아이처럼 환하게 웃으며 좋아하셨다. 마치 명절에 새 꽃신 선물을 받은 아이처럼 방안에서 구두에 발을 넣었다 뺐다 하시며 꼭 맞는다고 고맙다고 말씀하시는 할아버지를 보니 더욱 죄송한 마음이 들었다. 조금 더 일찍 사드릴걸, 할아버지의 책상 위에는 다음주에 있을 여행 일정 안내문이 펼쳐져 있었다. 그때 이걸 신고 가면 되겠다며 먼지 한 톨 없는 새 구두를 닦고 또 닦으셨다. 새색시의 버선처럼 곱게 신발장 맨 위 칸에 넣어둔 구두는 결국 세상 밖의 땅을 한 번도 디뎌보지 못한 채 외롭게 남겨졌다. 나는 할아버지의 빈소에서 그 구두 생각을 떨칠 수가 없어 한참을 울었다.

제단 위에는 음식을 주문하지 않았다. 장례를 검소하게 치르려고 제사상을 차리지 않은 것인지, 아니면 다른 이유가 있어서인지는 모르겠다. 천주교 집안이라서 상을 올리지 않기도 하지만, 그래도 가슴 한켠엔 뭔지 모를 아쉬움이 남았다. 죽은 사람이 실제로 차려진 음식을 드시는지, 정말 배가 고픈 것인지는 알 수 없지만, 이제까지의 관습에 지배당한 까닭인지 남들이 하는 건 다 해야만 할 것 같았다. 종교와 가풍을 떠나 고인을 위해 할 수 있는 모든 걸 다 하면 자손으로서의 죄책감을 조금이나마 덜어낼 수 있으려나. 이래서 장례업에는 불황이 없는 것일까 하는 생각도 들었다.

그날의 안치실은 유난히 추웠다. 일을 할 때는 쉴새없이 힘을 써야 하기 때문에 한겨울에도 에어컨을 틀어놓아야 땀을 적게 흘릴 수 있었다. 그러나 유가족의 입장으로 방문한 이곳은 한없이 낯설고 서늘한 공간이었다. 계속 부동자세로 서 있으려니 더욱 그랬다. 성당에서 봉사를 나오신 분들이 할아버지의 시신을 모셨다. 그분들이 입관을 매끄럽게 잘하는지 여부는 눈에 들어오지 않았다. 그저 내 가족을 직접 닦고 입혀 주는 것만으로도 무한히 감사하는 마음이 들었다. 젊은 시절 다부진 어깨에 강단 있던 체구는 세월 속에 자취를 감추었고 어린아이 같은 유약한 몸만 남았다. 눈을 감고 힘없이 누워 계시는 모습이 익숙지 않았다. 단 한 번도 할아버지가 주무시는 것을 본 적이 없다. 늘 소파에 앉아 신문을 보시거나, 한손에 리모컨을 쥐고 TV 뉴스를 보셨던 할아버지. 그 모습마저도 제대로 바라본 적이 없다. 늘 건성으로 인사만 드리고 할머니와 수다떨기에 바빴다. 마지막 인사를 나누시라는 봉사자의 말에 소리 내어 응할 순 없었지만, 조용히 눈물을 흘리며 사과의 말을 전했다. '할아버지. 살갑지 못했던 손녀라 죄송했어요. 그래도 늘 감사하고 사랑했습니다.'

어제부터 눈물에 절었던 눈꺼풀이 벌에 쏘인 듯 부어 있다. 조문을 온 팀장이 "많이 울었구나? 짜식" 하며 어깨를 두드려주었다.

"그런데 너. 상장 핀을 오른쪽에 했구나? 막상 닥치니 정신이 없지?"

고인이 남성일 경우에는 완장이나 흰색 핀을 왼쪽에 착

용하는데, 나는 오른쪽 머리에 하고 있었던 것이다. 나름대로 장례 밥 먹은 지 제법 됐다고 여겼는데 이런 실수까지 하다니. 정말 유가족이 된다는 것은 신생아와 다름이 없다. 이렇게 경황이 없는 유가족들에게 나는 업무상으로 수십 가지 질문들을 속사포처럼 쏘아댔으니. 처지가 바뀌니 그들이 얼마나 당혹스럽고 힘들었을지 짐작이 되었다.

고인의 지나온 삶만 온전히 추억하기에도 주어진 3일은 너무 짧다. 그런데 오늘날의 장례란 사망 선고 이후 장례식장으로 옮겨와 마음을 추스르기도 전에 수십 가지 선택을 해야 한다. 슬픔의 응어리를 풀어낼 틈도 없이 주머니에는 장례 일정표와 묵직한 영수증 꾸러미들로 넘쳐난다. 그곳에 고인을 위한 자리는 없다. 남은 자녀들은 부의금이 얼마나 들어올지, 그걸로 병원비 정산부터 음식값, 장례시설 요금을 다 충당할 수 있을지 안달한다. 그리고 장례가 끝나면 한숨 돌리나 싶지만 곧 상속 문제로 골머리를 앓는다. 정작 고인을 기릴 수 있는 시간은 몇 달 후에나 찾아온다. 참 기괴한 현실이다. 전통의 가치들은 모조리 사라진 것일까.

일제강점기에 경성에서 공업학교를 졸업하고 해방과 동시에 북녘 어딘가에서 설계과장으로 근무하던 20대 청년은 일주일간의 짧은 출장을 위해 배에 올랐다. 그런데 느닷없이 터진 전쟁으로 배는 목적지를 잃고 난생처음 보는 곳에 정박하고 말았다. 몸에 지닌 거라곤 작업복 같은 것이 든 가방이 전부였다. 온갖 곳을 헤매며 묻고 또 물어도 집으로 돌아갈 차편이나 다른 방도가 없었다. 전쟁이 끝나면 고향땅에 갈 수 있겠지. 그렇게 하염없이 기다린 세월이 벌써 60년을 훌쩍 넘었다. 할아버지는 끝끝내 고향에 갈 수 없었다.

목구멍이 포도청이라 먹고는 살아야겠기에 전공을 살려 한 건축회사에 들어갔다. 가난에 허덕이던 나라는 나중에 외화를 벌기 위해 해외 건설 사업을 추진했다. 동남아시아나 중동 등지에서 한국 건설사의 공사 붐이 일었다. 낯선 남쪽 땅에서 아내를 만나 아이 둘을 낳고 소박하게 가정을 꾸렸는데, 회사에서는 연달아 해외 출장을 보냈다. 세계 각지를 돌며 건설 현장 감독을 하셨던 할아버지의 당시 일기장을 본 적이 있다.

내가 어릴 적 할머니와 동무들과 압록강변 뗏목 위에서 세수를 하다 물에 빠져 혼이 났던 기억이 아직도 생생합니다. 그로부터 반세기가 지난 지금까지 서로 회포도 풀지 못하고 있다니 전세계에서 찾아볼 수 없는 이 현상이 서글픕니다. 이 불효자식은 고향의 땅에 묻힌 어머님의 묘에 술 한잔 부어드릴 수도 없습니다.

오갈 데 없이 맨몸으로 이 험한 세태를 겪으며 생활을 해결하다 그것이 인연이 되어 인도네시아, 말레이시아, 싱가포르, 태국, 이란, 영국, 사우디아라비아 등지를 돌아다니며 순 객지생활만 15년을 보내고 나니 환갑이 다 되었습니다. 이렇듯 세계 각국을 참 많이도 다녔는데 단 한 곳에만 가지를 못하고 있으니 안타까움을 금할 길 없습니다. 하루빨리 사람 사는 곳이라면 마음대로 갈 수 있는 시대가 돌아오기를 손꼽아 고대하고 있습니다.

지척에 있으면서 서로 한도 풀지 못하고 있음을 어디에 하소연할는지 또 언제 만나게 될는지 아득하기만 합니다. 살아 있으면서도 한달음에 달려 못 간 이 늙은 몸이 한스럽기 짝이 없습니다. 기다리기만 한 지도 벌써 수십 년. 이젠 지쳐서 허탈한 마음에 허공만 바라볼 수밖에 없는 처지에 있습니다. 하다못해 가족사진이라도 볼 수 있다면 더할 나위 없겠소. 오래 살다보면 만날 때가 있겠지요. 얼싸안고 감격의 눈물을 흘리며 그립던 이야기를 마음껏 나누게 될 때가 꼭 있을 겁니다. 부디 연로하신 고모님들 일가 편안하시고 다시 만나볼 때까지 만수무강을 이 철없는 늙은 조카가 두 손 모아 비옵니다.

할아버지는 오래 살고 싶어하셨다. 장성한 손자 손녀 시집장가 가는 것을 보려는 생각도 있었겠지만, 그보다 고향에 두고 온 가족들을 혹시나 만날 수 있을까 하는 마음이 더 컸다. 뉴스를 보시다가도 이산가족 이야기가 나오면 리모컨을 쥔 손에 불끈 힘이 들어갔다. 역사적인 정상회담 이후 수차례의 이산가족 상봉이 이루어졌지만, 이제는 이산가족 1세대가 점점 유명을 달리해감에 따라 옛 유물처럼 잊혀간다. 할아버지가 살아온 89년 세월이 짧아서 서러운 것은 그래서다. 수백만 명이 원치 않은 생이별을 하고 부모형제의 장례조차 지낼 수 없다는 것을 생각하니, 그래도 가족의 영정에 향을 사르고 절을 할 수 있다는 것이 슬프지만 또한 축복이기도 하다는 것을 깨달았다.

어느 따스한 봄날, 할아버지를 모신 현충원에 가서 국화 한 송이를 바친 다음 눈을 감고 속삭였다. 그날이 올지는 모르겠지만, 만약에라도 갈 수 있는 세상이 온다면 나는 할아버지가 차마 신지 못했던 구두를 들고 그곳에 가겠노라고. 할아버지가 보물처럼 아끼던 훈장과 꽃 한 송이 들고 가서 볕 잘 드는 곳에 묻어드리겠노라고. 아무 걱정 말고 하늘에서 보고팠던 가족들과 못다 한 정을 나누시라고.

살며시 눈을 떠보니 눈시울이 흐려져서인지 유골함 앞의 할아버지 사진이 연한 미소를 머금고 있었다.

5일간의
기억

연수원에서 아침밥을 먹으려고 교육생들과 함께 식당에 모여 있는데, 갑자기 사람들이 당황스런 표정으로 웅성댔다.

"전 대통령이 자살을 하셨다는데?"
"뭐라고? 거짓말하지 마. 무슨 소리야."
"진짜야. 저기 뉴스 봐봐."

TV로 눈을 돌리자 정말 모든 공중파 채널에서 고故 노무현 전 대통령의 서거 소식을 속보로 전하고 있었다. 회사 전체가 들썩거렸다. 당시에 회사는 시청과 협약이 되어 있던 터라

의뢰를 받아 시내 두 곳에 서둘러 분향소를 마련해야 한다고 했다. 한곳은 서울역사박물관, 다른 한곳은 서울역 광장으로 정하고 새벽부터 작업을 시작했다.

공터에 나무 합판들이 줄지어 들어오더니 어느새 거대한 제단이 되었다. 이어 꽃을 잔뜩 실은 차량들과 화원 직원들이 대거 투입되어 밤새도록 제단 꽃을 제작했다. 일련의 일들이 너무도 빠르게 진행되어 정신을 차릴 수 없었다. 내일부터 본격적으로 조문을 받아야 한다는 생각에 모두들 바짝 긴장을 하여 이마의 핏대가 도드라졌다.

국민장 첫날에 나는 서울역사박물관에서 진행을 도왔다. 문을 열자마자 정계 인사들의 조문이 이어졌다. 군인들이 정복 차림에 절도 있는 자세로 헌화 꽃을 나누어드렸다. 수많은 기자들이 구석에서 진을 치고 대기했다. 나는 방명록을 적는 책상 앞을 지키고 있었다. 뉴스에서나 보던 정치인들이 헌화를 마치고 돌아설 때마다 기자들은 순식간에 벌떼처럼 그들을 에워싸고 플래시를 터뜨렸다. 과열된 취재 열기로 인해 한 여기자는 카메라 모서리에 머리를 찍혀 피를 흘리기도 했다. 나는 엉겁결에 휴지를 꺼내 피를 닦아주었다. 방명록 가까이 있다보니 기자들이 자꾸 어느 분이 무슨 말을 적었냐며 물어보는 통에 숨쉬기도 힘겨웠다.

이틀째부터는 근무지가 변경되었다. 서울역 광장의 분향소는 역사박물관과 달리 일반인 조문객들이 많았다. 양복을 입은 직장인과 한복 차림의 노인, 유모차를 끌고 나온 부부, 앳된 학생들이 나란히 영정 앞에서 두 손을 모았다. 이곳에서 나는 헌화 꽃을 다듬어내는 일을 했다. 국민장 기간에는 전국적으로 수많은 분향소가 만들어져 국화꽃 물량이 달릴 지경이었다. 간신히 구해온 꽃의 줄기 잎을 다듬어서 조문객들이 손에 쥘 수 있도록 만들었다. 면장갑을 끼고 해도 금방 해지는 바람에 하는 수 없이 맨손으로 일을 했다. 흰 농약 가루와 억센 이파리 때문에 손이 금세 가렵고 거칠어졌다. 그러나 끝도 없이 줄을 서서 기다리는 조문객들을 생각하면 한시도 일손을 놓을 수 없었다. 모두들 허름하게 깔린 돗자리에 경건히 무릎을 대고 울음을 터뜨리며 가슴을 쳤다. 그 자리의 모두가 같은 마음이었으리라.

곧이어 제단 위에 꽃이 산처럼 쌓이면 얼른 뛰어가 걷어오는 일을 반복했다. 되도록 많은 양의 꽃을 가슴에 품고 달렸다. 그 꽃들은 한탄이며 통곡이며 아픔이었다. 검은 정장은 오후가 되기도 전에 농약 가루와 먼지로 범벅이 되고 말았다. 하지만 힘든 내색을 할 수 없었다. 잠을 못 자서 눈가가 어둑해진 동료들과 비통한 표정으로 애도하는 시민들 모두 고된 육신보단 깊은 상실감이 더욱 견디기 어려웠을 것이다.

국민장 마지막 날, 그 끝없는 만장 행렬은 아직도 잊을 수가 없다. 추모하는 글귀가 담긴 높다란 깃발을 번쩍 든 사람들이 영구차를 따라 쉼 없이 행진했다. 갖가지 색의 슬픔과 염원들이 몇 시간 동안이나 끊이지 않고 출렁였다. 근무지를 이탈할 수 없어 멀리서 지켜봤는데도 그 감동은 고스란히 전해졌다. 하늘도 울고 땅도 흐느끼는 엄청난 광경에 입을 다물 수 없었다. 바람 한 점 없던 초여름 한낮에 당신의 발자취를 영원히 기억하겠다고 적힌 깃발이 거세게 나부꼈다.

분향소를 돌보느라 여태 조문을 하지 못했던 공무원들과 상조회사 직원들은 분향소를 철거하기 직전에 영정 앞에 모여 일제히 고개를 숙였다. 유독 길었지만 또한 추모하기엔 너무 짧았던 5일간의 일정이 끝난다고 생각하니 가만히 눈시울이 젖어들었다. 떨구었던 고개를 다시 들기가 버거웠다. 삶과 죽음이 모두 자연의 한 조각일 뿐이라는 그의 위로를 떠올려도 통증은 멎지 않았다. 가슴속에서 여름의 뙤약볕보다 뜨거운 눈물이 흘러내렸다.

시간이 조금 더 흐른 뒤에 꿈속에서 그를 보았다. 환한 햇살이 쏟아지는 넓디넓은 광장에 큰 대문이 있는 궁궐 같은 곳에서 그는 밝은 색 양복을 말끔히 차려입고 문 앞에 나와 오가는 사람들에게 공손히 인사를 건네고 있었다. 멀리서도 빛

나는 그를 본 순간 나는 걸음을 멈추었고, 이윽고 눈이 마주쳤다. 그가 환하게 미소 지었다.

3부

아무도 죽기 위해 살지는 않는다

'필요'에서 시작된
'필연'의 직업

대학교 4학년. 졸업 전 취업이 결정된 친구들이 늘어가자 서서히 압박감이 숨통을 조여왔다. 그러나 평범한 회사에 들어가 지독하게 일만 하긴 싫었다. 아니, 솔직히 자신이 없었다. 학비와 생활비를 벌기 위해 계약직으로 잠시 일했던 회사에서 일상적인 야근과 회식문화를 이미 경험한 터였다. 졸업 후에 다시 그 전쟁터로 뛰어들 생각을 하니 그동안의 거듭된 술자리로 절어버린 위장이 미세하게 아려왔다.

나는 직업에 대한 고민을 원점에서부터 다시 해보고 싶었다. 정년퇴직까지 일을 한다 치면 앞으로 40년은 직장에 다녀야 하는데, 그러자면 대체되기 쉬운 직업을 택하면 안 될 것 같다는 생각이 들었다. 직업에 대한 우선 고려사항은 '지속 가능성'이었다. 외부환경의 영향을 적게 받으면서도 안정적 수입이 보장되는 직종이 무엇일지 찾아보던 중에 신문 기사 한 줄이 눈에 들어왔다. 고령 인구와 사망자 수가 해마다 최대치를 경신하고 있다는 내용이었다. 생각은 자연스럽게 장례업에 대한 관심으로 옮겨갔다.

언제나 그렇듯 새로운 분야로의 탐색은 설렘과 고통을 동시에 수반한다. 전공과도 무관하고 장례 분야에 종사하는 지인도 없는데 어디서부터 어떻게 알아본단 말인가. 우선 포털사이트에서 '장례지도사'라는 키워드를 검색해보았다. 페이지 상위에 가장 먼저 나오는 검색 결과는 '시체닦이 일은 어디서 구하나요?', '시체닦이 알바하면 돈 많이 버나요?'와 같은 질문들뿐이었다. 지금은 장례지도사가 국가자격증 직종으로 전환되어 전문교육기관들도 많지만, 그때만 해도 하나의 직종으로 인정받기가 어렵다는 것을 알 수 있었다. 일하는 환경도 분명 열악해 보였지만 오히려 그것이 호기심을 자극했다. 그러나 열정만으로 될 일은 아니었다. 경험을 쌓거나 관련 자격을 갖추어야 했다. 마침내 결심을 하고는 교육기관을 찾아보았다. 이미 다섯 곳의 전문대에 장례지도학과가 개설되어 있었고, 특수대학원도 일부 보였다. 학부를 졸업한 터라 고민 끝에 석사과정에 지원했다.

막상 대학원에 진학하니 동기나 선배들 대부분이 장례업계의 현직에 종사하고 있었고, 자신들이 알고 있는 것을 나누는 방식으로 강의가 진행되었다. 완전 백지상태에서 입학한 나는 그들의 말에 공감할 수 없었고, '여긴 어디고 나는 누구인가?'라는 질문을 멈추기가 어려웠다. 더구나 부모님께 학비 걱정을 끼치는 건 피하려고 대출까지 받은 마당에 내적 방황까지 겹치니 자괴감이 파도처럼 밀려왔다. 이 상태로 2년 반을 보내면 분명 대출금만 수천만 원이 될 게 뻔했다. 물론 빚쟁이가 될 것을 각오하고 시작하긴 했지만, 하루빨리 현장을 배우고 싶은 조급한 마음은 다른 세계로의 여행을 거세게 부추겼다.

그날도 어김없이 과제를 위해 학과 홈피 게시판을 살펴보다 외부 업체에서 남긴 공고문을 보게 되었다. '남·여 장례지도사 모집'이라는 제목을 클릭하니 모 상조회사에서 장례지도사를 모집중이라는 내용이었다. 그런데 아뿔싸, 마감 날짜가 일주일 정도 지난 상태였다. 이대로 좋은 기회를 놓칠 순 없었다. 무작정 전화를 걸었다.

"네, ○○상조 고객감동센터입니다."

"안녕하세요? 제가 학과 게시판에서 장례지도사 모집 공고를 봤는데요. 혹시 지금이라도 지원이 가능한지 여쭤봅니다."

"아 네. 날짜가 지나긴 했는데. 그런데 여자분이시네요? 잠시만 기다려주시겠어요?"

전화를 받은 직원은 옆에 있는 누군가에게 무언가 확인하는 듯했다. 나는 떨리는 마음으로 잠자코 기다렸다.

"오래 기다리셨죠? 저희가 원래 마감 후에는 지원을 안 받는데, 이번 기수에는 여성이 너무 적어서 특별히 한 분만 더 서류를 받으려 하거든요. 오늘까지 이력서 제출 가능하세요?"

"아 정말요? 아유, 감사합니다. 네네, 그럼요. 이력서 바로 메일로 보내드리겠습니다. 감사합니다."

도전하는 자에게 기회가 있다고 했던가, 기회는 도전하는 자에게 주어진다고 했던가. 아무렴, 그저 무턱대고 전화를 건 내 자신이 대견하게 느껴졌다. 그길로 나는 물음표만 가득했던 학업의 길을 중단하고, 현장을 몸소 체험하기 위한 느낌표 여정을 떠났다.

일단
해보자

대학 시절 그 흔한 해외여행 한번 가보지 못한 나는 장례지도사가 되기 위해 처음으로 트렁크 가방을 샀다. 시 외곽에 위치한 연수원에서 합숙을 해야 했기 때문이다. 집중 교육을 위한 과정이라는 것은 알았지만 난생처음 집을 떠나다보니 기대보다는 걱정이 앞섰다.

"엄마, 나 회사에 합격했는데 3개월 동안 합숙을 하래. 아마 주말에만 집에 올 수 있을 거야."

"그렇게 오래? 요샌 다 그렇게 한다니? 어휴, 아무튼 잘다녀와."

어머니는 그때까지만 해도 내가 무슨 회사에 들어갔는지 묻지 않았다. 집에선 있는 듯 없는 듯 조용히 제 할 일만 하는 별 탈 없는 자식이라서 어련히 알아서 할까 싶으셨던 것 같다.

짐을 간편하게 꾸리는 법을 모르던 초심자는 온갖 잡동 사니로 가득한 무거운 가방을 질질 끌며 연수원에 들어섰다. 며칠 전에 구입한 검정 정장은 아직 몸에 익지 않아 여간 불편한 게 아니었다. 강당에 들어서니 열다섯 명쯤 되는 사람들이 어깨를 움츠린 채 띄엄띄엄 앉아 있었다. 맨 뒷자리 한켠에 앉아 곁눈질로 주위를 슬쩍 둘러보고 5분쯤 지났을까, 과장급으로 보이는 남자가 문을 열고 성큼성큼 들어와 단상 위에 섰다. 그가 인사를 하자 적막을 깨는 박수 소리가 넓은 강당에 메아리쳤다. 연수 기간 석 달 중 한 달은 이론 위주의 수업이고 두 달은 현장 교육이라고 했다. 현장 교육 기간에는 입관보조를 하며 소정의 일당을 받을 수 있어 입소할 때 지불한 교육비는 금세 충당할 수 있을 것이라고도 했다. 그러자 사람들의 얼굴에 엷은 미소가 돌았다.

회사에 대한 소개와 연수 일정을 안내받은 후 숙소로 이동했다. 나를 포함한 여자 교육생 한 명과 연수원에서 근무하는 여직원이 같은 방에 배정되었다. 교육생들은 기수로 분류되며 위계질서가 꽤나 강한 듯 보였다. 선배들은 일터에 나가 있어 쉽게 만날 수 없었지만, 벌써 몇 기의 어떤 선배가 특별히 무섭다는 등의 진위를 알 수 없는 신상정보가 적막한 늪지대의 물안개처럼 번지고 있었다.

동기들은 삼삼오오 모여 입소하게 된 사연을 나누었다. 덤프트럭 기사를 하다가 그만두고 온 분, 임원 운전기사로 일하다 회사가 어려워져 온 분, 중령 예편 후 새로운 일을 구하시는 분, 보험설계사 벌이가 시원찮아 진로를 바꾸려는 분, 택시기사의 박봉을 견디기 어려웠던 분, 시골의 작은 장례식장에 근무하다가 퇴직한 분 등 이미 퇴직했거나 정년을 보장받을 수 없는 40~50대의 가장들이 대부분이었다. 그들에게 석 달의 교육 기간은 집에 월급을 가져다주지 못하는 초조한 기간이다. 자녀가 있건 없건 외벌이 가정인 경우엔 월급을 한 달만 받지 못해도 생활에 차질이 생긴다. 새로운 직업을 얻을 수 있는 희망찬 기회이기도 했지만, 정식 장례지도사로 인정받기 위해선 교육 성적이 좋아야 하고, 일에 필요한 차량을 구입해야 하는 조건도 있었다. 강의 후 잠깐의 휴식시간마다 그들은 건물 옆 공터에 모여 희뿌연 한숨을 하늘 위로 쏘아보냈다.

그들에게 나는 굉장히 이질적인 존재였다. 면접 후에 회사 대표는 '대학원에 다니는 학생도 우리 회사에 지원을 한다'며 자랑삼아 얘기하고 다니기도 했다. 회사측에선 흔한 일이 아니었으니 그렇게 반응할 수도 있었겠지만, 앞으로 연수원에서 생활해야 할 나로서는 약간 우려되는 상황이었다. 아니나 다를까 동기들 사이에서 나에 대한 억측들이 난무했다. 사장의 숨겨둔 딸 아니면 조카라거나 누군가의 낙하산일 것이라는 등의 상상력이 놀랍기까지 했다. 회의실에서 진로에 관해 관리자와 면담을 하고 나올 때면 둘이 무슨 관계일까 하는 의혹의 눈초리들이 나를 괴롭혔다. 지금에야 웃어넘길 일이지만 스물다섯 살의 초년생에게는 제법 날카로운 상처가 되었다. 사실 가족들의 생계를 걸고 절박한 마음으로 온 동기들의 눈에는 그저 공부하고 싶어서 왔다는 나의 말이 치기 어린 도전으로 치부되었을 법도 하다. 갑자기 이 공간에서의 나란 존재가 낯설게 느껴졌다. '여긴 내가 올 곳이 아닌데 괜히 왔나? 남은 기간 동안 잘할 수 있을까? 그냥 집에 가야 하나. 아니야. 짐까지 싸들고 왔는데 그냥 집에 갈 순 없어. 뭐라도 배워가야 해. 일단 해보자!'

잘한
선택일까?

연수원의 일과는 바쁘게 돌아갔다. 공휴일도 없고 낮과 밤의 구분도 없는 업무 특성상 체력이 가장 중요하기에 아침엔 일어나자마자 운동장에 집합하여 달리기를 했고, 아침식사 전 한 시간 동안은 서예 연습을 했다. 명정을 잘 쓰기 위해서였지만 공복에 호흡을 가다듬으며 붓글씨를 쓰니 뜻밖에 정신수양이 되었다.

붓끝이 종이에 닿기 전 주위의 소음을 마음으로 차단한 가운데 먹이 특유의 향을 진하게 내뿜으며 지면을 질주할 때에는 오직 자신감만 남기고 의심과 불신은 과감히 버린다. 신기하게도 내가 마음먹기에 따라 글씨가 달리 나왔다. 글씨가 마음의 거울이라더니 참으로 그랬다. 예로부터 인재를 등용할 때 맵시와 말씨 그리고 글씨를 봤다고 한다. 맵시와 말씨는 기교로 뽐내는 게 가능할지 몰라도 글씨는 내면을 그대로 드러내야 하기 때문에 가장 결정적인 요소가 되지 않았을까.

이론 시간에는 장례의 역사와 공중 보건, 법규에 관련된 내용을 축약하여 배웠다. 학교를 막 졸업한 나에게는 익숙한 자리였지만 펜을 들어본 지 20년 이상 지난 중년들은 무거운 눈꺼풀과의 사투를 벌였다. 그렇게 지루한 시간을 보내다 드디어 고대하던 입관 강의가 시작되었다. 평범한 이미지의 다른 강사들과는 확연히 다른 엄청난 기운의 조교가 입장했다. 밭고랑 같은 주름에 짙은 갈색으로 그을린 피부, 야생의 표범이 먹잇감을 찾을 때의 번뜩이는 눈빛, 세월과 풍파의 흔적을 고스란히 담은 크고 거친 손. 그를 마주한 교육생들의 표정에는 긴장감이 역력했고, 괜스레 의자를 앞으로 당기며 허리를 곧게 세웠다. 덩달아 나도 마른침을 꿀꺽 삼켰다.

"자, 여러분. 혹시 이전에 입관을 해본 사람 있습니까?"

장례식장에 근무한 적이 있는 몇몇 사람들이 쭈뼛대며 손을 들었다.

"여러분들이 이전에 했던 입관은 머릿속에서 지우십시오. 백지에서 시작하란 뜻입니다. 처음 배우는 사람처럼 교육에 임해주면 좋겠습니다. 두 번 얘기하지 않겠습니다."

그는 매우 단호하고 힘있는 어조로 교육생들을 압도했다. 입관은 손으로 하는 작업이기 때문에 하는 사람마다 약간씩 차이가 날 수 있다. 경력자들이 '내가 해보니까 이 방법이 더 좋던데' 또는 '난 그렇게 안 했었는데'라고 하게 되면 처음 접하는 교육생들에게는 혼란을 줄 수 있어서 그렇게 미리 전제하는 것 같았다.

고인은 입관을 진행하기 하루 전 안치실이라 불리는 시신 냉장고에 머무르기 때문에 피부 표면에 습기가 조금 생긴다. 습기 어린 피부 위에 베로 만든 수의를 바로 입히게 되면 살갗이 상할 수도 있고, 또 유가족에게 고인의 신체를 그대로 드러내는 것도 실례일 수 있어서 먼저 한지로 옷을 만들어 입혀드리는 과정을 거친다. 옷 만드는 방법을 배운 후 책상을 이어붙여 한 사람이 누울 수 있는 크기가 되면 서로가 마네킹을 자처하여 입관 실습을 했다.

고인 역할을 맡은 동기들은 까실한 수의의 옷깃이 목에 스치면 간지러움을 참지 못해 눈을 번쩍 뜨며 살아 돌아왔고, 염베를 조금 세게 묶으면 아프다며 진짜 죽일 셈이냐고 아우

성을 쳤다. 매서운 긴장 속에서도 이따금 대책 없이 웃음이 터지기도 했지만, 직접 내 손으로 고인을 모실 날이 다가오고 있다는 생각이 들 때마다 온몸에 식은땀이 맺혔다.

몇 주 후 현장에 투입되기 전 교육생들의 입관 실력을 최종적으로 점검하기 위한 실기시험을 치렀고, 나를 비롯한 대부분의 동기들이 별 탈 없이 통과했다. 일과가 끝난 후에도 잠자는 시간을 줄여가며 연습했던 결과인 것 같다. 아직은 팀장을 보조하는 역할에 그치지만 그마저도 나에겐 소중한 기회였다. 입관보조는 절대로 사수보다 앞서 행동하지 않고 상의 없이 혼자 판단하지 않으며, 사수가 무언가를 필요로 할 때에는 번개처럼 신속하게 움직여야 한다. 머리로는 외웠지만, 실은 현장에 나가서 해봐야 진정으로 깨칠 수 있다.

장례지도사는 매번 다른 장소로 출동과 퇴근을 반복하기 때문에 운전이 필수다. 그래서 술을 즐기는 사람들은 연수 때부터 자제하는 습관을 들여야 한다. 가뜩이나 미래에 대한 불안감과 저마다의 고민에 시달리는 교육생들은 연수원측의 금주령에 고개는 끄덕였지만 몸은 간절히 알코올을 원했다. 마치 미성년자의 일탈처럼 몰래 사온 술을 먹다 들킨 아저씨들은 또다시 발각되면 즉각 퇴소라는 담당 과장의 엄포를 듣고는 풀이 죽어 돌아갔다. 딱히 술 담배를 즐기지 않은 나에게도 뭔가 해소할 거리가 필요했다. 인근에는 시골 마을처럼 곳곳에 민가만 보일 뿐 간판이 달린 가게는 편의점이 유일했다. 저녁식사 후 집 생각이 나서 우울할 때면 아이스크림을 한 개씩 사 먹었다. 한여름 밤 귀뚜라미 소리를 들으며 먹는 아이스크림의 첫맛은 아찔하게 시원하고 달콤했지만, 이후의 남은 일정들을 생각하면 괜히 뒷맛이 씁쓸했다. '과연 잘한 선택일까? 난 잘하고 있는 걸까? 시간 낭비는 아니겠지?' 무수한 고민들이 머릿속을 헤집고 지나니 손에는 끈적끈적하게 녹아버린 설탕 범벅만 남아 있다. 왠지 오늘밤은 쉬이 잠이 오지 않을 것 같다.

첫
만남

얼마 만에 맛보는 새벽 공기인지 모르겠다. 도시가 간밤의 짧은 쉼을 누리고 아직 채 깨어나지 못해 푸르스름한 오전 다섯 시. 선잠에 뒤척이다 간신히 일어나 서울 시내 모 병원으로 향하는 길이다. 오늘은 근 한 달간의 연습을 마치고 생애 처음으로 입관에 투입되는 날이다. '한 달의 연수 기간은 실전을 맞이하기엔 너무 짧은 것 아닌가? 나름대로 열심히 연습했고 선배들 앞에서 마네킹을 놓고 검증까지 받긴 했지만. 아휴, 아무튼 나 잘할 수 있겠지?' 아침밥을 챙겨 먹을 겨를이 없어 위는 텅 비었지만, 발걸음을 옮길 때마다 이 생각 저 생각으로 머릿속은 분주하게 차올랐다. 입관은 오전 여덟시. 입관보조는 최소 두 시간 전에는 장례식장에 도착해야 한다. 늦지 않게 도착하는 것이 최우선이다.

장례식장으로 가는 이정표를 발견하고 빠른 걸음으로 계단을 내려갔다. 장례식장은 대개 병원 지하에 있다. 그래서인지 더욱 음산한 기운이 감돈다. 팀장보다 먼저 도착하려 했는데 사무실에 들어서니 팀장이 언제 도착했는지 장례식장 직원과 담소를 나누며 찻잔을 거의 비워가고 있었다.

"어, 왔어요? 여기 입관보조비."

첫 인사를 하려고 입을 떼기도 전에 그는 미리 준비한 흰 봉투를 무심하게 내밀었다. '아직 일을 시작도 안 했는데 왜 돈부터 주시는 걸까? 설마 내가 팀장보다 늦게 왔다고 그냥 보내려는 건 아니겠지?' 꼭두새벽부터 장례식장이란 곳에 서둘러 들어선 것만도 어색해 죽을 지경인데 예상치 못한 상황을 마주하니 딱히 마땅한 대처법이 생각나지 않았다. 봉투를 차마 받지 못하고 머뭇거리고 있으니 팀장이 팔짱을 끼며 피식 웃었다.

"왜? 일하기 전에 돈 받으면 좋지 않아요? 내가 보조 다닐 땐 그게 제일 좋던데?"

"아…… 네. 신경써주셔서 감사합니다."

내 반응이 영 싱거웠던지 팀장은 이내 자리를 박차고 일어나 준비하러 가자며 앞장서 걸어나갔다. 빈소를 여럿 지나 장례식장의 가장 구석으로 이동하자 두터운 철문에 '안치실'이라고 표시되어 있었다. '끼이익' 요란한 소리를 내며 문을 열자 병원 로비에서 풍기는 알코올 향보다 한층 더 짙은 알싸한 냄새가 코끝에 감돌았다. 전구 몇 개가 명이 다한 것인지, 아니면 창문이 없어서인지 유난히도 어두운 조명 아래 한쪽 벽을 가득 메운 회색빛 안치 냉장고가 나를 압도했다. 고인들과 내가 얇은 문 하나를 사이에 두고 같은 공간에 있다는 사실에 온몸의 털이 곤두섰다. 동행한 장례식장 직원이 늘상 하는 일인 듯 자연스럽게 냉장고 문을 열고 흰 천에 싸인 고인을 안치대 위에 모신다. 그러자 팀장이 흰 천을 망설임 없이 걷어내고 고인의 상태를 확인한다. 난생처음 실제로 고인을 마주하는 순간이지만 마음의 준비 따위는 사치다. 무서움을 느낄 겨를도 없다. 이미 이 자리에 선 순간 무조건 프로여야 한다. 처음이어도 처음이 아니어야 한다.

"오늘 입관이 처음이라고 들었는데 괜찮아요? 작년에 수진 씨 또래 친구는 몇 번 울기도 하던데. 여자라고 봐주는 거

없어요. 후훗."

팀장이 나를 걱정해서인지, 아니면 나이가 어려 보여서
얕보는 것인지 분간이 잘 안 되었지만 그럴수록 더 태연하게
보이려고 작은 눈을 애써 동그랗게 떴다. 그러나 그토록 비장
했던 나의 눈동자는 곧 사정없이 흔들리게 되었다. 입관 가운
으로 갈아입는다던 팀장은 내 앞에서 재킷과 셔츠를 단숨에
훌렁 벗어던졌는데 그의 등짝에 용이 승천하려는 듯 꿈틀대
고 있었기 때문이다. 찬란한 비늘로 뒤덮인 꼬리에서부터 여
의주를 야무지게 틀어쥔 갈퀴를 지나 용의 눈동자와 마주친
순간, 나는 더이상 쳐다보지 못하고 고개를 숙여 바닥 타일의
무늬만 살폈다. 속으로 '여기서 자칫 실수하면 처음으로 엄마
가 아닌 사람에게 맞을 수도 있겠다'는 두려움을 느꼈다. 좋은
쪽이든 나쁜 쪽이든 처음이라는 순간의 각인은 참 깊다.

고인은 60대 초반의 남성으로 간암 투병을 10년 가까이
하다가 돌아가셨다고 한다. 배우자는 안 계시고, 아들 둘과 딸
한 명이 번갈아가며 간호를 했다. 시간이 흘러 딸은 시집을 가
서 사위를 데리고 왔지만, 두 아들은 병상을 지키느라 장가도
못 가고 청춘의 나이에 탈모가 진행되었다. 입관은 다행히 연
습을 많이 한 덕인지, 아니면 조금 전에 봤던 용의 매서운 눈

빛 때문인지 순서대로 착착 알맞게 진행되어갔지만 손길마다 긴장감이 역력하게 묻어났다.

고인은 젊은 나이인데도 오래 누워만 계셔서 근육이 모두 빠져 팔과 다리는 앙상하게 말랐고 배는 복수가 차서 볼록하게 올라왔다. 성인의 다리 한쪽만 해도 여성 혼자서 들기에는 꽤 무겁다. 연습할 때 사용했던 마네킹보다도 가벼운 고인의 무게에 섬뜩 놀랐지만, 그간 암과 사투를 벌인 세월이 얼마나 힘겨웠기에 이리도 가벼울까 하는 생각에 가슴 한복판에서부터 먹먹함이 묵직하게 번졌다.

입관을 말없이 지켜보던 딸은 이내 흐느끼며 울었지만, 아들들은 침통한 표정만 유지한 채 눈물을 흘리지 않았다. 피로에 지쳐 곧 넋이 나갈 것 같지만 이 자리를 지켜야 하기에 간신히 영혼을 붙들고 서 있는 것 같은 모습이었다. 자녀로서 할 수 있는 모든 효도를 다 해드리면 아쉬움조차 남지 않아 눈물이 안 나오는 것일까. 아니면 극도의 슬픔을 미리 겪어버려서 아버지의 앙상한 몸처럼 감정이 메말라버린 것일까. 고인의 깡마른 팔에 새겨진 바늘 자국들 위로 아직 채 아물지 못하여 맺힌 핏덩이처럼, 그들의 가슴속엔 아직 아물기엔 이른 슬픔들이 맺혀 있을 것만 같았다.

그저 실수 없이 물 흐르듯 입관이 진행되도록 머릿속으로 순서만 달달 외우다가 첫 입관이 끝났다. 팀장은 나에게 처음치곤 잘했다며 격려해주었다.

입관이란 고인의 입장에서는 자신의 육신을 내보이며 생애 처음이자 마지막으로 겪게 되는 귀한 예식이다. 그렇기에 입관을 하는 사람은 설령 경험이 부족하다 할지라도 절대 실수를 하거나 소홀히해서는 안 된다. 선배들은 농담 삼아 '결혼은 두 번 할 수 있어도 장례는 두 번 할 수 없다'고 했다. 되풀이할 수 없는 누군가의 처음이자 마지막 순간을 망쳐서는 안 되는 일이다.

니 콧구녕에
쑤셔불믄 좋것냐

연수원 2개월 차부터는 본격적인 입관보조 활동이 시작된다. 상조 팀장이 회사측에 보조 인력을 요청하면, 담당자가 순번제로 관리되는 입관보조를 한 명씩 배정한다. 매일 다른 팀장을 현장에서 만날 수 있다는 것은 교육생의 입장에선 굉장히 좋은 기회이다. 큰 틀에서 보면 장례는 정형화된 순서에 따라 진행되지만, 그것을 이끌어나가는 팀장마다 요소요소에서 저마다의 개성을 드러낸다. 성격이 유난히 급해 말할 때 과연 숨을 쉬고 있는 것인지 의아했던 팀장, 호수에 떠 있는 작은 배처럼 느긋하고 여유로웠던 팀장, 탁월한 미적 감각으로 관의 꽃 장식을 기가 막히게 했던 팀장, 듣기만 해도 눈물이 날 것처럼 구슬프게 축문을 읽던 팀장 등 그들은 단순히 고객에게 서비스를 제공하는 것에 그치지 않고 장례식에서 자신만의 꽃을 피웠다.

팀장들은 대부분 불혹을 넘긴 나이의 남성들이었다. 그들에게 20대 여성인 나는 거의 딸이나 조카뻘이라서 그냥 친근하게 대해주시는 분도 있었고, 호랑이처럼 엄하게 가르쳐 주시는 분들도 있었다. 아무런 충고 없이 그냥 일당만 주고 마는 팀장에게 배정되면 스트레스는 확실히 덜 받지만 내 실력에 대한 조언을 들을 수 없어 뭔가 허전하고 아리송한 기분이 들었다. 그러다 무섭기로 이름난 팀장을 만나러 갈 때면 여느 날보다 긴장이 되긴 했지만 내 실력을 향상시킬 수 있는 무언가를 얻게 되지 않을까 하는 기대감도 생겼다.

몇 년 전까지만 해도 장례지도사 중 여자는 흔치 않았다. 당시에 회사에는 남편을 따라 같은 일을 하게 된 중년의 여자 팀장이 있었다. 그녀는 웬만한 남자 직원보다 억세고 강한 성격으로 유명했다. 동기 중 한 명은 그녀 앞에서 실수를 했다가 정강이를 까였다며 다리에 시퍼렇게 든 멍을 보여주기도 했다. '나도 맞으면 어쩌지. 에이, 그래도 설마 여자는 안 때리겠지?' 말도 안 되는 기대로 스스로를 안심시키며 그녀가 기다리는 안치실로 들어섰다.

수의를 다 입히고 나면 고인의 얼굴을 깨끗이 정돈하고

코와 귀의 분비물을 닦는 절차가 있다. 신진대사가 멈춘 시신의 내장기관에 고여 있던 각종 분비물은 몸에 난 구멍으로 일부 흘러나오게 된다. 유가족에게 고인을 보여드리기 전에 먼저 닦아드리긴 하지만, 혹시나 수의 위에 분비물이 묻을지도 몰라서 한 번 더 점검하는 순서이다. 보조는 알코올에 젖은 탈지면을 세 등분 또는 네 등분 하여 돌돌 말아 팀장이 바로 닦을 수 있게 손에 쥐여드려야 한다. 마치 수술 도중 집도의의 시선은 계속 환자를 향하고 스태프가 의사의 손 위에 착착 도구를 올려주는 것과 유사하다. 나는 이 '충이'를 만드는 기술이 아직 손에 익지 않아서인지 손으로 열심히 말긴 했지만 한눈에 봐도 뭉툭하고 못생긴 결과물을 빚어냈다. 팀장은 그것을 슬쩍 보더니 안치대 한쪽 구석으로 치워버리고 본인이 다시 만들어 작업을 이어갔다. 입관을 마친 후 성복제를 올리고 한숨 돌릴 시간에 그녀가 나를 부르는 손짓을 했다. 서둘러 다가가 앉으니 탈지면 한 장을 내 앞에 던졌다.

"야, 너 아까 그거 다시 맹글어봐."

겁에 질려서인지 나는 덜덜 떨리는 손으로 한층 더 못생긴 충이를 만들어버렸다. 실력이 한 시간 만에 일취월장할 리는 만무했지만 그 순간은 내 손을 진심으로 원망하고 싶었다.

그녀는 나의 실패작을 이리 쥐고 저리 쥐며 한숨을 쉬었다.

"아따, 야 임마. 이렇게 굵은 것을 니 코구녕에 쑤셔붙믄 좋겄냐? 좋겄어? 이놈아. 고인을 대할 때는 살아 계시는 분 모시듯 해야제. 이런 것을 살아 있는 분 코에 넣으믄 찢어져서 코피 나겄다. 이것아! 엉?"

그녀는 당장에라도 그것을 내 코에 쑤셔넣을 것 같은 기세로 달려들었다. 나는 반사적으로 얕은 뒷걸음을 치며 죄송하다는 소리만 연발했다.

"내가 임마. 남자 실습생들 와서 실수해붙믄 발로 확 까버리는디, 니는 여자니까 그나마 봐주는 줄 알어, 잉" 하며 손에 들고 있던 열린 폴더 폰을 내 머리 위로 내리쳤다. 꽤 크게 탁 소리를 내며 휴대폰이 닫혔다. 접힌 휴대폰처럼 내 몸을 접을 수만 있다면 꼬깃꼬깃 구겨서 보이지 않는 곳에 숨기고만 싶었다.

며칠 후 만난 팀장은 수석이라 칭할 만큼 상담을 비롯한 의전의 모든 면에서 능력을 인정받고 있는 사람이었다. 그러나 동기들 사이에선 깐깐하고 거칠기로 소문이 나 있어 그날 또한 더욱 긴장하며 무거운 발걸음을 떼었다. 입관이 중간 정도 진행되었을 즈음 그가 난데없이 내 등짝을 퍽 소리가 나게 때렸다. 주위에는 열 명가량의 유가족들이 숨죽여 지켜보던 상황이었다. '분명 난 절차상 실수한 것이 없었는데 뭘까? 뭣 때문일까?' 머릿속이 별안간 복잡해지면서 창피함이 밀려와 얼굴이 화끈거렸다. 겨울철에 빙판에서 넘어지면 통증보다 부끄러움이 앞서듯, 그때의 나 역시 정신적 충격으로 아픔 따 위는 조금도 느껴지지 않았다. 하필이면 유독 얌전한 유가족 을 만나는 바람에 목 놓아 우는 이도 없어 그 소리를 가릴 수 도 없었다. 적막한 안치실에 울려퍼진 둔탁한 메아리가 사람 들의 귓가에 더이상 맴돌지 않고 그저 빨리 그쳤으면 했다. 그 때 팀장이 나만 들으라는 듯 몸을 잔뜩 숙여 속삭였다.

"고인 앞에선 항상 겸손해야 하는 거야. 그렇게 뻣뻣하게 서 있지 말고 공손하게 있으라고. 알겠냐?"

키가 제법 큰 내가 너무 정자세로 꼿꼿이 서 있는 게 거 만해 보였을까. 허리와 고개를 곧추세워 서 있게 되면 고인을 위에서 내려다보는 모양새가 된다. 그러나 허리를 약간만 숙 이면 고인을 지긋이 바라보는 겸손한 자세가 된다. 그 사람의 자세를 보면 진심이 보이듯, 입관을 할 때에는 손기술만이 아 니라 태도에도 신경을 써야 한다는 걸 알려주고 싶었던 것이 다. 그런데 꼭 그렇게 망신을 주면서까지 가르쳐야 했을까. 속으로만 투덜거릴 뿐 내색할 순 없다.

뒷정리를 마치고 풀이 죽어 앉아 있으니 팀장이 얄밉게도 히죽히죽 웃으며 다가왔다.

"야. 아까 상주님이 나를 따로 불러서 얘기하더라. 어린 학생인 것 같은데 그렇게 무섭게 혼내서야 되겠냐고 말이야. 가서 떡볶이나 사먹으라고 5만 원 주더라. 히히."

뭐가 그렇게 좋아서 웃는 걸까. 본질과는 다르게 나는 수고비를 받아내기 위한 연출 도구가 되어버린 것일까. '설마 그건 아니겠지? 아닐 거야.' 씁쓸한 마음을 추스르는 사이에 5만 원은 팀장의 지갑으로 들어가 홀연히 자취를 감추었다. 애초에 기대도 하지 않았지만 현실은 짐작했던 것보다 매서웠다.

내가 장례지도사로서 성숙해지는 과정은 무언가를 얻어 채워가는 '더하기'가 아니라, 자존심과 거만함을 버리는 '빼기'였다. 선배들 덕분에 나는 몇 년이 지난 지금도 고인을 대하면 저절로 허리부터 숙인다. 그리고 이제 충이는 누구보다 잘 만들 자신이 있다. 무언가를 배워가는 과정에서 듣는 훈계와 질책은 스스로 행동에 옮기지 않으면 번민이 되지만, 그것을 새기고 받아들이고 반응을 하면 마음속으로 공명을 하게 된다.

덜컹거리는 버스에서도 허리를 굽히지 않고 똑바로 서 있으면 어떤 순간에는 바닥의 충격을 온몸으로 다 받게 된다. 그러나 무릎과 허리를 약간 굽히면 바닥의 충격을 조금이라도 적게 받을 수 있다. 일을 하면서는 자존심을 굽히게 될 때도 많지만 이제 두려워하지 않기로 했다. 나는 지금 인생의 어느 지점을 유연하게 지나가고 있을 뿐이니까.

손녀의 명정을
미리 보다

꾸준함에는 장사 없다고 했듯이 석 달간 아침마다 한 시간씩 붓글씨 연습을 하니 제법 그럴듯한 모양새가 나왔다. 몇 년간 손에 인이 박이도록 단련된 선배들의 붓놀림에 비하면 아직 어딘가 모르게 어색하지만 초짜치고는 선과 획이 나름대로 균형을 이루어 뿌듯했다.

서예는 단순히 글자를 써내려가는 것이 아닌, 글자를 소재로 하는 조형 예술이다. 점과 선의 구성과 비례 균형에 따라 아름다움이 이루어진다. 글자를 쓸 때에는 붓을 뉘지 않으면서 강약을 조절한다. 마음 심지는 곧게 세우되 강함과 부드러움을 겸비해야 인격이 풍부해진다는 것을 암시하는 듯하다.

어린 시절부터 조부모님과 함께 살았던 나는 학교에서 상장을 받은 날이면 부리나케 집으로 달려가 할머니께 가장 먼저 자랑을 했다. 부모님이 맞벌이를 하시는 바람에 젖먹이를 겨우 넘긴 나이부터 할머니의 손에 자랐기 때문인지 엄마의 품보다 할머니 몸에서 나는 밥 냄새가 더 구수하고 따스했다. 북녘이 고향인 할아버지는 무뚝뚝하신 편이라 좀처럼 대화를 나눌 일이 없었지만, 할머니가 내 상장을 할아버지께 자랑하며 보여드리면 '잘했다'며 웃으시는 것이 유일한 소통의 물꼬였다.

그날도 상을 받은 어린애처럼 글씨 연습 결과물 중 가장 나은 것을 한 장 골라 할머니를 찾아뵈었다. 아홉 남매 중 맏이로 태어나 억척스럽게 동생들을 돌보느라 글공부를 할 수 없었던 할머니는 내가 쓴 명정의 글씨를 알아보진 못하셨지만 손녀의 자랑에 장단을 맞춰주시느라 연신 '어이구, 우리 강아지' 하며 궁둥이를 두들겨주셨다. 그리고 언제나처럼 그것을 들고 할아버지께 보여드리며 말씀하셨다. "이것 좀 봐유. 얘가 붓글씨를 썼네유. 뭔지 모르지만 솔찬히 잘 썼시유."

할아버지는 건네받은 종이를 쓱 훑어보시더니 "에잇! 이게 뭐이네! 저리 버리라!" 하시며 바닥에 세차게 던지셨다. 그저 가뭄에 단비 같은 할아버지의 미소를 보고 싶었을 뿐인데, 이토록 화를 내시는 모습은 처음이라 말을 잇지 못하고 뒷걸음질만 쳤다. 할머니는 "아이구. 이 양반이 왜 이런 디야" 하며 멋쩍게 종이를 주워 나에게 돌려주셨다.

명정銘旌이란 장례시 죽은 사람의 신분을 밝히기 위해 품계, 관직, 본관 성씨 등을 기재한 기旗이다. 전통 상례의 상여 행렬 중 맨 앞의 방상方相 뒤 붉은 천이 바로 그것이다. 명정을 앞에 세우는 이유는 죽은 사람이 누구인지 알리려는 취지뿐만 아니라 고인을 향한 공경의 마음도 담겨 있다. 행렬이 매장지에 이르고 하관을 마친 후에는 명정을 관 위에 씌워 함께 묻는다.

나는 건넌방 구석에 앉아 구겨진 종이를 펴고 찬찬히 읽어보았다. '유인남원양씨지구孺人南原梁氏之柩' 즉 남원양씨인 기혼 여성을 모신 관이라는 뜻이다. 연습할 때는 보통 자신의 본관을 넣어 쓰기 때문에 할아버지 입장에서 보면 손녀가 죽으면 그 관에 씌울 명정을 미리 본 셈인 것이다. 나는 그냥 잘 쓴 글씨의 모양만 보여드리려는 생각이었지만, 할아버지는 이것이 명정이라는 걸 알고 화를 내신 것이었다. 아, 내 실수다. 애지중지 길러온 손녀가 관에 들어가는 것을 상상하게 만든 실수다. 부모의 마음을 헤아리지 못한 철없는 자식의 무지함이다.

지하철을 타고 집에 가고 있는데 휴대폰이 진동한다. 어머니다. 순간 불길한 예감이 들었다. '엄마는 원래 이 시간에 전화 잘 안 하는데. 방금 할아버지가 엄마한테 뭐라고 했나보네. 이런.' 아니나 다를까 어머니는 잔뜩 불편한 목소리로 성을 내기 시작했다.

"야. 너 요즘 뭐하고 다니니? 할아버지가 그러시는데 너 뭐 장의사 그런 거 해?"

"아니야. 장의사가 아니고 상조회사야. 관심 있어서 배우는 중이라고."

"상조회사가 장의사지 뭐야? 죽은 사람 시체 만지는 거 아냐, 그거? 야. 너 대학 나와 가지고 고작 그거야? 그거 하려고 대학 갔어? 할 일이 그렇게 없니?"

평소처럼 엄마의 말에 대차게 반박하고 싶었지만 사람들 많은 지하철 안이라서 아무 말도 하지 않았다. 실은 눈물이 먼저 쏟아질 것 같아서 힘주어 입을 꽉 다물고 말았다. 부모님께 내가 하고자 하는 일의 비전에 대해 일일이 설명할 기운도 없었다. 이미 어른들의 머릿속엔 내가 무어라 한들 '장의사'라는 인식이 박혀 있었기 때문이다. 학창 시절 생활기록부에 부모님이 생각하는 자녀의 장래희망을 적어달라 하면, 어머니는 '뭐가 되었든 네가 행복해질 수 있는 일을 해라'고 말씀하셨다. 그러나 아쉽게도 이것만은 예외였나보다. 딸이 왜 그토록 많은 직업 중에 굳이 고되고 험한 일을 하려고 드는지 안쓰러운 마음에 다짜고짜 화부터 내신 것이었겠지만, 그래도 순간 나는 '고작 그거'가 된 것 같아서 눈앞이 흐릿했다.

농부들은 한겨울에도 부지런히 봄을 맞이할 준비를 한다. 묵혀둔 땅을 일구어 봄이 되면 씨앗을 뿌릴 것이다. 그 싹은 두둑한 밑거름에 의지한 채 봄볕 아래에서 쑥쑥 자랄 것이고. 제초제처럼 독한 비난과 질책에 범벅이 되어도 나는 기어이 성장할 것이다.

그래. 봄, 봄이 오는가보다.

편히
쉬세요

입관식은 장례지도사 두 명이 함께 진행한다. 때에 따라서는 세 명이 투입된다. 수의를 입혀드리는 동안 한 명은 고인의 고개가 떨어지지 않도록 머리를 계속 붙잡고 있기도 하지만, 보통은 두 명의 직원이 예식의 처음부터 끝까지 손발을 맞추어 아름다운 이별을 돕는다. 사수와 부사수는 철저히 자신만의 영역을 가진다. 모든 절차는 사수의 리드를 따라 움직이며 부사수는 그의 몸짓을 주시하다가 반 박자 늦게 같은 손길로 매만져 순조로운 흐름을 만들어낸다. 혼자만 뛰어나서도 안 되고 뒤처져서도 안 된다. 안치실 안에서의 모든 절차에는 통솔력과 그에 따른 존경의 예우가 어우러져 있다.

하루는 보조 역할을 충실하게 수행하고 있는데 회사에서 한 가지 제안을 해왔다. 팀에서 여자는 내가 유일해서인지 고인 메이크업을 담당하면 어떻겠냐는 것이었다. 젊은 여성은 메이크업을 전문적으로 배우지 않고도 화장이 일상생활의 한 부분이라서 그리 어려울 것도 없겠고, 남성이 해주는 것보다는 고객들이 보기에도 더 낫겠다는 것이 관리자의 판단이었다. 나로서는 존재감을 더 뚜렷이 드러낼 수 있는 좋은 기회이기도 해서 흔쾌히 승낙했다.

고인 메이크업을 시작한 지 얼마 되지 않았을 때에는 화장품 가게에서 파는 흔한 재료로 시도했다. 그러나 보통 쓰는 화장품은 온기 없이 차디차고 습한 고인의 피부에서는 겉돌기만 하여 꼭 유리창에 물감을 바른 듯 쉬이 뭉개지고 말았다. 고심 끝에 혹시나 고인 전용 화장품이 있는지 알아보니 국내에는 판매되는 것이 없고 시신 복원으로 유명한 미국의 한 기업에서 고인만을 위한 화장품을 생산하고 있다는 사실을 알고는 바로 구매했다.

미국은 19세기부터 장례의식에서의 접견 서비스를 본격적으로 도입했다. 남북전쟁으로 수십만 명의 젊은이가 목숨을 잃게 되자 그들의 아내와 자녀들은 시신이라도 온전히 볼 수 있기를 간절히 원했다. 그래서 전쟁 후 링컨 대통령이 시신 위생 처리라는 말을 알렸고, 이를 계기로 접견 서비스가 널리 퍼지게 되었다. 미국 영화의 장례식 장면에서 관을 열어놓고 고인에게 헌화를 하거나 키스를 할 수 있는 것은 바로 이 '엠바밍'이라는 장법을 적용하기 때문이다. 방부 처리를 위해 시신의 혈액을 빼내고 포르말린 등의 약물을 투입한다. 시신에 추가적 손상을 가하는 행위를 꺼리는 동양권으로서는 낯선 문화이지만, 죽음을 삶의 연장이자 생활의 일부라고 여기는 사고방식이 반영된 것인 모양이다. 이러한 접견문화 때문인지 시신 복원 예술과 미용에 관한 분야도 훨씬 앞서 있다.

고인 전용 화장품을 사용하니 전보다는 확연히 뛰어난 피부 표현을 할 수 있었다. 노인의 얼굴에 핀 세월의 열꽃 같은 검버섯들을 살포시 덮어주니 나이가 10년은 더 젊어 보였다. 곡기를 끊어 앙상한 해골처럼 야윈 할머니의 푹 파인 눈에는 눈 모양의 보형물을 넣어 건강했던 시절로 되돌려드렸고, 아버지가 매일 끼던 틀니를 잃어버렸다며 죄스러워하는 아들에게 한시름 놓으시라고 솜으로 틀니 모양을 만들어 끼워드렸다. 몸에 난 상처는 옷으로 가릴 수 있지만 얼굴과 손은 고인의 육신 중 유가족이 마지막으로 인사를 드리며 뵙는 부위이므로 '그리프 케어grief care' 면에서도 중요하다. 현장에서 만난 팀장들은 전문적 시신 복원은 아닐지라도 모두 주어진 상황에서 최대한의 표현을 해드리기 위해 애를 쓰고 있었다.

고인에게 화장을 해드리는 순간에는 사람들의 눈이 오직 내 손끝에 집중되었다. 수의는 둘이서 함께 입혀드리지만 얼굴을 단장할 시간이면 팀장은 감사하게도 한걸음 물러나 나만의 무대를 허락해주었다. 유가족들의 눈길이 점차 내 손등 위에 무겁게 자리했다. 혹시라도 실수를 하면 고인에게도, 가족들에게도, 기회를 준 팀장에게도 굉장히 미안한 일이 된다. 나는 깊이 젖어드는 긴장감을 떨치기 위해 언제부턴가 그 자리엔 나와 고인 둘만 있다 생각하고 마음속으로 대화를 나누기 시작했다.

'할머니. 오늘 제가 예쁘게 화장해드릴게요. 아드님 오기 전에 예쁘게 해드릴 테니까 걱정 마셔요.'

'할아버지. 지금도 아주 멋있으시지만 제가 더 멋지게 해드릴게요. 화장 같은 건 안 해보셨겠지만 너무 남세스럽게 여기지 마시고 조금만 참으셔요.'

'아이고. 우리 할머니 진짜 고우시다. 시집 한번 더 가셔도 되겠네. 이제 꽃신 신고 세상 아픔 다 홀가분히 내려놓으시고 행복하게 가셔요. 거기 가셔도 할머니가 제일로 예쁠 거예요.'

생기 잃은 피부에 연분홍색 물을 들이니 곧 잠에서 깨

어 자리를 털고 일어나 봄나들이 갈 채비를 할 것 같고, 파르
르 메마른 입술에 윤기를 더하니 '얘, 아범아' 하고 정겹게 불
러주실 것만 같다. 고인들은 나의 중얼거림에 말로 대답을 해
주는 대신에 한결 편안한 표정을 지어 보이셨다. 은은한 미소
마저 번지는 듯했다. '나의 손놀림에 주름이 일시적으로 펴지
며 나타나는 현상일까? 아니면 내가 그냥 그렇다고 믿는 거겠
지?'라고 혼자 생각하고 있는데, 곁에서 지켜보던 딸이 고인
에게 다가와 "엄마. 우리 엄마 얼굴이 편해졌네. 그치? 얘들아
이리 와서 봐. 우리 엄마 이젠 안 아픈가보다. 이젠 안 아파. 그
치?" 하며 손수건을 입에 대고 울먹였다.

　　병석에 오래 누워 고통스러워했던 기억 속의 얼굴과 순
간 대비되어, 비록 돌아가셨지만 오히려 지금이 훨씬 편해 보
인다며 눈물을 보인 것이다. '아, 내 착각이 아니었구나. 가족
들 눈에도 정말 고인이 평안해 보이는 거구나' 싶어서 내 작은
손길이 누군가에게 위로가 될 수도 있다는 걸 배웠다. 이별의
아픔 앞에서 솟구쳐오르는 울음을 조금이나마 잠재울 수 있
다면 아무리 상처 난 고인의 얼굴을 맨손으로 어루만지더라
도 거리낌이 없을 것이다.

　　가끔 몸이 너무 피곤할 때 마사지를 받으러 가면 관리사
가 마무리로 내 얼굴에 팩을 올려놓고 잠깐 눈을 붙이라며 "편

히 쉬세요"라고 말한다. 대개는 이상할 것이 없는 말이지만 들을 때마다 내가 직접 모셨던 고인들이 떠올라서 깜짝깜짝 놀란다. '나도 고인분들에게 편히 쉬시라고 마음의 소리를 냈었지. 그런데 과연 내 소리를 들어주셨을까?'

아마 미약하게라도 전달되었으리라. 그냥 그렇게 믿고만 싶다.

긴 생머리를
포기하다

햇빛이 찬란하게 눈부신 6월의 어느 오후. 번화가의 길목마다 바람결에 환호하며 살랑살랑 나부끼는 원피스를 걸친 내 또래의 여성들이 지나간다. 하이힐의 뒷굽이 약간 힘겨워 보여도 볕에 바짝 말라 몸이 가벼운 묵나물처럼 사뿐사뿐 거리를 활보한다. 그에 비해 나는 발끝부터 머리까지 온통 검은 차림을 하고 심드렁하게 걷는다. 회색빛 겨울에는 무채색의 옷들이 넘쳐나 그나마 견딜 만한데, 한껏 꾸미고 싶은 계절이 오면 화사함과 밝음 사이로 나 혼자만 어두운 그림자가 된 것 같아 어깨를 웅크린다. 입에서는 빈속이라 쓴 물이 느껴지는데 사람들의 시선은 그보다 더 쓰다.

20대 중반의 나이. 제아무리 날이 선 검정 정장에 묵중한 구두를 신어봤자 앳된 티를 모조리 벗을 순 없다. 입관을 마치고 나면 상주들이 누가 먼저랄 것도 없이 다가와 고인의 맨몸을 맨손으로 모신 이들에게 감사 인사를 전한다. 중후한 팀장에게는 "아이고, 선생님 감사합니다"라고 하지만, 나에게는 "어린 여자가 이런 일을 하는 건 처음 보네. 좋은 일 하네요", 또는 "아직 학생인 것 같은데 실습 나온 거예요?"라고 묻는다. 길게 대화를 나눌 수 있는 처지가 아니니 "아, 예"라고 짧게 답한다. 어린 친구가 애쓴다고 격려해주는 것은 고맙지만 어쩐지 마음 한구석이 호젓하다.

전통 상례에서 '호상護喪'이란 돌아가신 부모님 곁에서 곡을 계속해야 하는 상주를 대신하여 장례의 전반적인 일들을 두루 처리하기 위해 임명한 사람을 가리킨다. 호상은 상주의 가까운 일가 어른 중에서 상례에 밝고 덕망 있는 사람으로 뽑았다. 요즘으로 말하면 장례위원장인 셈이다. 장례 전반의 기획과 조정뿐만 아니라 조문객의 편의까지 살펴야 하기 때문에 자연히 어느 정도 연륜이 있는 분으로 정했을 것이다. 오늘날의 장례는 예전보다 규모는 작아졌다 할지라도 여전히 집안의 큰일임은 분명하다. 만약 내가 고객이어도 그 사람의 자격 여부는 둘째 치고 나이가 어려 보이는 사람보다는 조금 더 연륜이 있어 보이는 사람에게 일을 맡길 것 같았다.

하루는 변두리에 위치한 장례식장에서 일을 마치고 뒷정리를 하는데, 유가족들이 입관실에서 빠져나가자마자 옆에서 거들던 중년의 장례식장 직원이 갑자기 목소리를 높여 화를 냈다.

"젊은 사람들은 더 좋은 데 가서 생산적인 일을 해야제. 이런 일은 나이든 사람들이나 하는 것이고. 우짠다고 젊은 사람들이 이라고 나이 먹은 사람들 일자리를 뺏어가는가 몰러. 쯧쯧."

일을 제대로 못해서 혼이 나는 것도 아니고 단순히 나이가 어려서 꾸짖음을 당할 줄은 상상도 못했다. 장례업계에는 아직 정년이라는 개념이 뚜렷하지 않다보니 혹여 청년들이 비집고 들어오면 밥줄을 잃을 수도 있겠다는 위기감이 들어서 그랬을까. 괜스레 송구스러워해야 할 것만 같은 분위기를 이겨내지 못하고 평소보다 서둘러 그곳을 빠져나왔다.

요즘엔 20대 장례지도사의 비율이 많이 높아졌지만, 몇 년 전까지만 해도 굉장히 드문 일이었다. 한번은 30대인 선배가 현장에 나갔다가 가족들이 항의하는 바람에 가방을 열기도 전에 돌아온 적이 있었다. 단지 어린 여자라 신뢰가 가지 않는다는 이유에서였다. 언젠가는 나에게도 닥칠 일인 만큼 뭔가 변화를 줘야 했다.

　먼저 긴 생머리부터 포기했다. 미용실에 가서 짧고 단정한 아나운서 스타일로 해달라고 했다. 여성들에게 머리 스타일을 갑자기 바꾼다는 것은 쉬운 일이 아니다. 목표를 이루기 위해 이 정도는 희생할 수 있다고 스스로를 다독였지만, 뎅강 잘려나가 바닥에 나뒹구는 머리카락을 보니 콧잔등이 시큰했다. 어색하게 짤막해진 머리를 한 손으로 매만지며 중년 여성들의 단골 옷가게를 일부러 찾았다. 사회초년생들이나 입을 만한 기본 정장이 아닌 성숙해 보이는 디자인의 옷을 골랐다. 같은 색이지만 무언가 한 겹 더 기품 있고 세련된 옷을 입은 기분이었다. 사회생활에서는 내면만큼 겉모습도 중요하다는 것을 배운 시기였다. 직종의 특성에 따라 외적인 연출도 서비스의 중요한 일부인 것이다.

　박봉에 거금을 들여 이미지를 바꾸고 나니 통장은 비었지만 자존감은 왠지 전보다 높아진 것 같았다. 갑작스레 짧아진 머리를 보고 동료들이 무슨 일이냐며, 어제 남자한테 차이고 왔냐며 호들갑을 떨었으나 개의치 않았다. 빈소에서 가족들과 두런두런 얘기를 나누고 있는데, 여상주가 가까이 당겨 앉으며 나에게 물었다.

　"팀장님은 아는 몇이유?"

외모를 바꾼 며칠 사이에 나는 어린 학생에서 아이를 낳은 유부녀로 거듭나 있었다. 의도했던 것보다 성과가 더 좋은 것 같아서 속으로 쾌재를 불렀다. 그런데 왜 대낮부터 술이 당기는 것일까.

꿈을 이루기 위한 여정은 멀고도 험하다. 눈물겨운 이가 어디 나뿐일까만.

그래도 오늘은 한잔하러 가야겠다.

시집은
안 가세요?

법보다 무서운 것이 선입견이다. 세상은 보이지 않는 관념의 지배를 받는다. 대학을 졸업하면 취직을 해야 하고, 직장생활을 적당히 했다 싶으면 늦지 않게 결혼을 해야 하고, 결혼을 했으면 누구든 부모로서의 삶을 받아들여야 한다. 개인의 도전은 하나의 일탈로 치부되기 십상인데다 사회에 나와 보면 실제로 뚫고 넘어서야 할 장벽이 만만치 않다.

흔히 쓰는 말 가운데 '오지랖'은 한복 두루마기의 앞자락을 말한다. 앞자락이 넓은 옷을 입으면 몸을 편하게 움직일 수 있어 이리저리 기웃거리고 두리번거리기 쉽다. 그래서 개인의 사적 영역을 무턱대고 들락거리는 사람을 가리켜 '오지랖이 넓다'고 한다. 기척 없이 문을 발칵 열면 화들짝 놀라기 십상이다. 때론 가만가만 문을 두드릴 수 있는 여유를 가지면 어떨까 하는 생각이 들 때가 있다.

오늘은 시내의 모 대형병원 장례식장으로 일을 나갔다. 그곳에는 나보다 두어 살 많은 여성 장례지도사가 근무하고 있었다. 빼어난 미모에 인상도 좋아 직원들이 눈여겨볼 정도로 인기가 많았다. 안치실에 들어가 입관에 필요한 물품들을 준비하고 있는데 관을 내주러 온 나이 지긋한 직원이 슬쩍 말을 걸어왔다.

"시집 안 가? 이 일 계속하면 시집 못 갈 텐데? 저 친구 좀 봐. 그래서 여태 시집 못 가고 있잖아. 늦기 전에 얼른 그만둬. 다 잘되라고 하는 말이야. 허허허."

남자는 옆에서 묵묵히 일을 하고 있는 언니를 가리키며 묘하게 기분 나쁜 웃음을 지었다. 그녀는 그런 상황이 이미 익숙한 듯 들은 체도 하지 않고 하던 일을 계속했다. 나는 무척 당황스러운데, 감정상으로 조금의 미동도 없는 그녀의 표정을 보니 그동안 얼마나 이골이 났으면 저럴까 짐작이 되었다. 같은 직업에 종사하면서도 그 직업을 대놓고 비하하는 남자의 무례를 지켜보며 순간 화가 치밀었다. 한마디 쏘아주고 싶었지만 그럴 만한 용기까지는 없어 자리를 피했다. 맥 빠지는 현실이었다. 말 그대로 오지랖이 넓은 사람이다. 이제 막 시작하려는 초년생에게 결혼하려면 일을 포기하라니. 나에겐 조언이 아니라 치졸한 조롱처럼 들렸다. 접객실로 돌아온 후에도 분을 삭이지 못하고 있는데, 음식을 담아내던 도우미 한 분이 입을 열었다.

"사실 나도 장례식장에서 일한다고 말하니까 시댁에서 명절 때 내려오지 말라더라고. 제사지내는 데 부정 탄다지 뭐야. 내가 시신을 만지는 것도 아니고 음식만 만지는데도 그러더라니까. 허이구 참. 잘됐지 뭐야. 명절 때 고생 안 해도 되고."

담담하게 대수롭지 않다는 듯 말하는 그녀의 말끝에 왠지 모를 쓸쓸함이 맺힌다. 주부들이라면 으레 겁내기 마련인 명절 때의 고된 가사노동에서 해방된다는 것은 누구나 부러워할 일이었지만, 가지 않는 것과 가지 못하는 것은 사뭇 다르다. 게다가 나를 껄끄럽게 여기는 사람이 남도 아닌 가족이라니. 잠시 우울한 정적이 흐르자 구석에서 접시에 전을 가지런히 담던 다른 분이 웃음기 어린 목소리로 분위기를 바꾸었다.

"호호호. 아니 나는 그래서 장례식장에서 일한다고 말 안 하는데? 지금도 우리집 양반은 내가 식당에서 일하는 줄 알아. 호호호호."

그러자 옆에서 "어머. 나도 그래. 나도"라며 맞장구를 친다. 떳떳하지 못한 일을 하는 게 아닌데도 주위 사람들에게 숨겨야만 할까. 입이 있어도 말하지 않고 귀가 있어도 듣지 말아야 버틸 수 있는 분야란 말인가. 마음속 깊은 데에서부터 끝도 없는 회의감이 밀려왔다.

다음날 사무실로 출근을 했는데 여느 때와는 달리 부산해 보였다. 늘 피곤에 절어 있던 팀장의 어깨에 기합이 잔뜩 들어가 있었다. 분명 뭔가 있긴 있었다.

"자, 조금 있다가 신문사에서 인터뷰하러 온다니까. 저저 지저분한 것들 좀 치우고. 너는 넥타이 좀 똑바로 매고, 쫌. 사무실에서 쓰레빠 신지 말라고 몇 번을 말하니, 쫌."

신문사 인터뷰라기에 장례 분야만 다루는 작은 월간지나 인근 지역 신문사인 줄 알았는데, 물어보니 꽤나 이름 있는 언론사였다. 이색 직업을 특집으로 삼아 취재를 나온다는 것이었다. 인터뷰 대상으로는 평소 언변이 좋은 직원 한 명과, 하나밖에 없는 여직원인 내가 선정되었다. 담당 기자가 취재도 오기 전에 혹시 여성은 없냐고 물어왔더란다. 얼떨결에 "에이. 귀찮게 뭐 그런 걸 다 한대" 하면서 손은 화장을 고치느라 다급했다.

'나한테는 뭘 물어볼까? 어떻게 이 일을 하게 되었냐고? 아니면 최종 목표가 뭐냐고? 뭐 그런 것들이겠지? 아니면 뭐 일을 하면서 제일 감동받았을 때라든지.'

머릿속으로 혼자 질문과 대답을 반복하던 중에 여기자와 카메라를 든 남자가 사무실로 들어섰다. 떨리는 마음으로 옷깃을 매만지며 회의실로 들어갔다. 기자는 딱 봐도 선임으로 보이는 팀장에게 준비해온 질문들을 먼저 쏟아냈다. 어쩌다 이 일을 시작하게 되었는지, 현장에서 힘든 점은 무엇인지, 기억에 남는 장례는 언제였는지, 수입은 얼마나 되는지. 내가 예상했던 물음들과 거의 일치했다. 팀장은 유창한 말솜씨로 응하다가 마지막에 장례 일은 자부심이나 사명감이 없으면 할 수 없는 일이라며 화룡점정을 찍었다. '와, 저거 나도 하려고 했던 말인데 아깝다'고 한탄하려던 순간 마침내 카메라와 기자가 나를 향해 자세를 바꾸었다. 드디어 내 차례다. 나는 더 멋들어지게 얘기해주리라 바싹 말라든 목을 가다듬었다. 그

러나 그녀의 첫 질문을 받자마자 모든 설렘이 허망하게 사라
졌다.

"그런데 이쪽 일 하면 결혼하기 힘들지 않아요? 결혼 생
각은 없어요?"

하, 결국 이건가. 진짜 신물이 난다. 먹기 싫은 음식을 억
지로 꾸역꾸역 밀어넣은 듯 명치끝이 꽉 막혀 숨을 쉴 수가 없
다. 음식이 아니라 말에 체하는 것이 더 괴롭다는 걸 안 순간
이었다. 애초에 여자 장례지도사를 일부러 찾은 이유가 이 질
문을 던지기 위해서였단 말인가. 그녀는 매우 걱정스러운 얼
굴로 나를 바라보고 있었지만, 그 가면 뒤에는 편견에 사로잡
힌 호기심이 깔려 있다는 것을 직감했다. 뻔한 주관식에 신물
이 났다.

"제가 만약 결혼을 할 생각이 있었다면 이 직업을 택하지
않았을 겁니다."

"네?" 여기자는 낯선 생물체를 처음 대하는 듯 아리송한
표정을 지었다. 원하는 대답의 범주에서 벗어났기 때문일까.
또래 여자들이라면 마땅히 꾸어야 하는 꿈을 염두에 두지 않

았기 때문일까. 기사는 나의 결단과는 무관하게 '사회적 편견과 불규칙한 생활로 인해 평범한 또래 여성들이 하는 데이트나 결혼을 꿈꾸기도 어렵다'는 식으로 나왔다. 어차피 그 기자는 인터뷰 전부터 그런 틀을 진하게 그려놓았을 테니, 내가 무슨 대답을 하건 스케치를 다시 하기는 어려웠을 것이다.

여전히 체증이 가시지 않아 내가 했던 말을 조용히 곱씹어보았다. 원하는 직업을 갖기 위해서는 혼인도 제쳐둘 용의가 있다는 뜻으로 한 말인데, 어찌 보면 이 직업이 결혼에 걸림돌이 될 수도 있다는 것을 인정하는 셈이 되나? 상념을 곱씹을수록 소화는커녕 더 깊은 수렁으로 빠져들기만 했다.

며칠 후 '장례지도사라는 직업은 여전히 두터운 편견의 장막에 가려져 있다'라는 문장이 담긴 기사가 사무실 구석 테이블 위에 펼쳐져 있었다.

이러한 장막은 과연 누가 만드는 것일까.

남들일까, 아니면 나 자신일까.

해답은 없고 질문만 덩그러니 남았다.

아침부터 머리가 지끈지끈 아파온다.

새벽녘의
경련

'연중무휴 24시간.'

이 일을 시작하기 전까지는 찜질방 아니면 해장국집에
나 보이는 문구인 줄 알았다. 막상 겪어보니 사람이 죽고 사는
일은 낮과 밤도, 평일과 휴일도 가리지 않았다. 아마도 '탄생'
과 '죽음'에 관련된 기관들은 거의 다 이에 해당할 것이다. 다
만 근무자 입장에서는 일하는 시간이 일정한 교대 근무도 있
고 시간대가 불규칙한 근무 유형도 있다. 상조회사는 후자에
해당한다. 근무 대기 순번은 있지만, 어떤 날은 유달리 여러
명이 돌아가실 때도 있고 사망자가 나오지 않는 날도 있다. 장

례 접수가 없는 날은 명목상 쉬는 날이라곤 하지만 일이 어찌 될지 모르니 멀리 여행을 떠날 수도 없고, 하다못해 마음 놓고 극장에 갈 수도 없다. 휴대폰이 곧 밥줄이라서 언제 어디서나 전화를 받을 수 있어야만 한다. 심지어 화장실에 갈 때나 잠을 자는 중에도 벨이 울리면 맑은 목소리로 응답해야 한다. 쉬어도 쉰 것 같지 않은 날들이 지속되다보니 어느새 이런저런 약봉지가 테이블 위에 수북이 쌓이기 일쑤다.

생활 패턴이 들쑥날쑥해서 생체 리듬이 깨져버린다. 눈병이 지나고 나면 콧물이 줄줄 흐르고, 목감기가 휩쓸고 가면 기침이 끊이질 않는다. 빨리 낫고 싶은 마음에 서둘러 처방받아놓은 약들은 마치 돌려막기를 일삼는 카드 꾸러미처럼 늘어난다. 컨디션이 안 좋은 채로 안치실에 들어가면 눈에 보이지 않는 각종 병균들의 습격을 피할 수 없다. 면역력이 무엇보다 긴요한 직업이다. 그러나 나는 휴식이 허락되지 않는 교육생 신분이었기에 이를 악물고 버텼다. 체력도 평가의 일부라고 생각했기 때문이다. 하지만 그때는 몰랐다. 마냥 건강한 청춘이라도 쉼표 없이 달리면 마침표를 찍을 수 없다는 것을.

밤 아홉시에 일이 끝나 집에 도착하니 열시다. 내일은 새벽 발인이라 새벽 세시까지 장례식장에 도착해야 한다. 씻고 바로 누워도 세 시간 남짓 쪽잠이다. 퉁퉁 부은 손발과 마디마다 쑤셔오는 몸을 털썩 뉘니 평소보다 이불이 무섭도록 포근하다. 어머나, 방금 누운 것 같은데 벌써 알람이 울린다. 머리는 일어나라고 신호를 보내는데 팔다리가 도저히 못해먹겠다고 파업을 벌인다. 5분만 더 자겠다며 칭얼대는 어린아이 넷을 겨우 일으켜 세우니 바닥이 나를 향해 돌진하는 것 같다. 이대론 안 되겠다. 속이 쓰려 생전 입에도 못 대는 커피라도 들이켜고 정신 차려야지. 이윽고 칼처럼 날이 선 새벽 공기 속으로 나를 내몬다. 게슴츠레 뜬 눈에는 따귀를 한 대 맞은 듯 번쩍 불이 난다.

장례식장에 도착하니 먼저 온 선배가 바쁘게 짐을 옮기고 있다. 어제 분명 나보다 늦게 퇴근했는데 잠을 자기나 한 걸까. 저런 게 진짜 직업정신이라는 거구나. 나는 이토록 피곤에 절어 있는데 저분은 이 추운 날 이마에 땀까지 맺힐 정도로 열심히 움직이시니. '나는 아직 멀었구나' 싶었다. 발인 날에는 유가족들도 덩달아 분주하다. 갖가지 짐들을 차에 실어야 하고, 부의금을 세어 장례식장 비용과 상조회비도 정산해야 한다. 아침부터 저녁까지 조문객들 맞이하느라 무릎이 닳도록 절을 하는 통에 걸음걸이는 비틀대는데, 눈물에 취해 온전히 잠을 이룰 수도 없다. 반듯했던 상복은 어느새 마음처럼 생기를 잃고 땀과 먼지로 범벅이 되어 있다. 내가 고된 것은 비할 바가 아니다. 철없는 어린 장손만 이 와중에도 방석을 이어

붙인 이부자리에 널브러져 드르렁 코를 곤다.

　이제 얼추 짐도 다 쌌고 발인제도 거의 끝나간다. 그런데 그간의 피로가 너무 쌓인 탓인지, 억지로 마신 커피가 빈속에 생채기를 낸 것인지, 급작스럽게 격심한 통증이 밀려왔다. 이 시간에 약국이 문을 열었을 리 만무하다. 응급약으로 위산제를 구비해놓는 사무실도 없을 것이다. 예감이 좋지 않다. 이 통증은 쓰나미가 오기 전의 지진과 같다. 곧 엄청난 고통이 나를 집어삼킬 것이라는 예고이다. 위경련의 고통은 겪어본 사람만이 안다. 뜨거운 불길 위의 새우처럼 속수무책으로 등이 오그라든 상태에서 예리한 송곳으로 배를 찌르는 듯한 고통을 감내해야 한다. 조금 있으면 장의 차량이 출발할 텐데. 이대로 주저앉고 싶진 않지만 이미 겪어본 증상이라서 내가 어떤 몰골로 바뀌게 될지 예측이 가능했다. 하는 수 없이 고개를 푹 숙인 채 팀장에게 다가가 사정이 이러저러하여 장지까지는 못 따라갈 것 같다고 말씀을 드렸다. "그러게 몸 관리를 잘했어야지. 여자라고 약한 척하면 안 돼." 쓴소리가 빈속을 휘몰아치는 경련보다 더 강하게 사무쳤다.

　장지에 못 갔으니 오전 중 다른 스케줄에 투입될 것이다. 급한 대로 당장의 통증이나 줄여보고자 장례식장 바로 옆에 위치한 대학병원 응급실을 찾았다. 안에 들어서자 벌레마저도 잠을 자는 새벽의 고요와 상반되는 풍경이 펼쳐졌다. 한쪽에는 입에 기다란 호스를 꼽은 환자들이 바닥에 놓인 바가지에 무언가를 잔뜩 게워내고 있고, 일하다가 사고를 당했는지 작업복 차림의 한 아저씨가 다리에 피를 흘리며 신음을 토하고 있었다. 어디선가는 밤새 고열에 시달린 듯한 아기의 울음소리가 메아리쳐 귀청을 때렸다. 적어도 외상이 없는 나는 이 장소에서만큼은 아파도 아프다고 말하기 민망한 상황이었다.

어쨌든 접수는 했으니 구석 의자에 앉아 진료를 기다렸다. 한 30분쯤 지났을까. 누군가 내 이름을 불렀다. 남는 침상도 없어 앉은 채로 의사와 마주했다. 그를 본 순간 누가 환자인지 분간이 되지 않았다. 머리는 언제 감은 건지 잔뜩 떡이져 있고, 피부에는 흰 각질이 눈꽃처럼 내려앉았다. 안경알에는 알 수 없는 액체가 튀어 닦지 않은 유리창처럼 희뿌옇고, 그 너머로 보이는 눈동자는 오래전에 초점을 잃은 듯했다. 전에 읽어본 의사 수기의 일화가 떠올랐다. 밥 먹을 시간조차 없어 숙소로 몰래 짜장면을 시켰는데, 젓가락으로 면을 비비다 접시에 코를 박고 잠이 들었다는 것이다. 정말이지 지어낸 이야기가 아닐 것이라는 확신이 들었다.

누가 봐도 나보다 훨씬 위중해 보이는 그가 "어디가 안 좋으세요?"라고 묻는데, 차마 무어라 대답하기가 죄스러운 기분이었다. "아, 제가…… 위가 좀 아파서요."라고 기가 죽어 말하자, 그는 "지금 그렇게 심하지 않으면 몇 시간만 참으셨다가 일반 진료를 받으시는 건 어떨까요? 괜히 비싼 돈 내고 응급 진료 받으시는 것보다 그게 나을 것 같아요"라고 조언해주었다. 고맙게도 나의 주머니 사정을 고려해준 것일까, 아니면 응급실에서 딱히 처치할 만한 것이 없어서 그랬을까. 목이 잠겨 한 마디씩 겨우 내뱉는 그를 중환자도 아닌 내가 괴롭혀서는 안 될 것 같았다. 내가 아무리 장례식장에서 고단하게 일한다고 한들 생사가 갈리는 응급실에서의 사투만큼 처절하다 할 수 있겠는가. 의기소침해져 응급실을 소리 없이 빠져나왔지만, 귓가에는 여전히 나보다 더 아프고 괴로운 사람들의 절규가 이어졌다.

20대의 나는 뭔가 이루어야 한다는 강박감에 시달리며 매사에 채찍질을 서슴지 않았다. 당장 힘들고 어려워도 나보다 열악한 상황에서 훨씬 강인하게 움직이는 사람들과 비교해가며 나의 나약함을 질타했다. 궤도에 오르고 싶은 부푼 꿈만 염두에 두었지, 지쳐버린 몸은 돌보지 않았다. 하나의 관문을 통과하면 그다음엔 또다른 문이 기다리고 있다는 것을 왜 깨닫지 못한 채 살았을까. 누구나 단거리든 장거리든 한바탕 달리고 난 후엔 숨 돌릴 시간이 필요한데 말이다.

삶에도 완급 조절이 필요한 것 같다. 팽이를 돌리기 시작할 땐 채찍으로 사정없이 내리친다. 그러다 어느 정도 중심을 잡고 회전하게 되면 곁에서 가만히 바라본다. 더 잘 돌라고 팽이를 계속 치면 되레 쓰러지고 만다. 때론 넘어지고 거친 바닥에 갈려 마모될지라도 나만의 중심축을 잡아가는 과정이니 그 흉터조차 아름답지 않겠는가.

집에 돌아가다가 잠시 벤치에 앉았다. 엉덩이는 시리지만 간만의 햇살이 눈부시다. 창문이 있는 장례식장은 좀처럼 만나기 힘들어서인지 햇볕을 쬔 지가 벌써 몇 달은 된 것 같다. 가만가만 둘러보니 평소엔 귀에 들어오지 않던 아이들의 웃음소리도 들리고, 나무들이 겨울 동안에도 푸르름을 간직했던 자취가 보인다.

경련도 이른 봄 눈 녹듯 그렇게 사르르 잦아들었다.

4부

결국은 사람이고 사랑이다

불편한
동거

빈소가 다 꾸며지고 가족들이 조문객을 맞이할 준비를 마치면 하나둘씩 손님들이 오기 시작한다. 나는 보통 흰 장갑을 끼고 빈소 앞에 서서 오가는 분들에게 정중하게 인사를 드린다. 접객실이 붐빌 때는 도우미 여사님들과 함께 음식도 나르고 쓰레기도 치웠지만, 빈소 앞에 누군가 서서 깍듯이 인사를 하면 고객 만족도가 훨씬 높아진다는 생각에서 문지기처럼 입구에 머무르곤 했다.

　　그렇게 온종일 지키고 서 있다보면 빈소 안의 다양한 풍경들을 보게 된다. 많은 손님들이 한꺼번에 오는 경우는 회사나 기관에서 온 단체 손님을 제외하면 거의 종교 기관에서 오신 분들이다. 특히 가족이 성당이나 교회를 다니는 경우 한 번에 열 명 이상이 방문한다. 이때는 헌화 꽃도 일찍 동이 나고 음식을 담당하는 분들의 손길도 분주해진다. 그런데 간혹 유가족의 종교가 일치하지 않는 경우에는 난감한 상황에 봉착하게 된다. 큰아들은 성당에 다니고 막내딸이 교회에 다니는 경우 장례 2일 차에 신부님과 목사님이 종교 예식을 진행하기 위해 한 차례 방문하셔야 한다. 그런데 예식 시간을 조율하는 중에 가끔 큰 소리가 오가곤 한다. 스님은 보통 혼자 움직이셔서 별 무리가 없지만, 신부님과 목사님은 신자들을 대거 이끌고 장례 예식을 진행하셔야 되기 때문에 시간이 겹치면 큰일이다. 마치 성수기의 예식장처럼 한 팀의 행사가 끝날 때까지 마음 졸이며 입구에서 대기해야 하는 경우도 있기 때문이다.

고인이 중심이 되는 장례라면 당연히 고인이 생전에 믿었던 종교의 방식대로 예식이 진행되는 게 맞다. 하지만 우리네 장례란 대체로 고인의 손님보다는 자녀들의 손님이 훨씬 많아서 자기만의 방식을 주장하기 일쑤다. 한번은 삼 형제 중 둘은 개신교이고 한 명은 불교인 상가의 장례를 진행한 적이 있다. 갑자기 불교 신자인 아들이 예식실의 벽에 붙은 십자가가 보기 싫다며 떼어달라고 장례식장 직원에게 항의를 했다. 물론 예식실은 모든 종교의 행사가 가능하도록 제작되어 있어서 십자가를 보이지 않게 하는 것도 가능했지만, 가족끼리

시비가 붙어 고성이 오가고 그랬다. 어쩔 수 없는 이런 불편한 동거는 언제나 숨고 싶게 만드는 요소 중 하나다.

입관이 끝나고 해가 뉘엿뉘엿 질 무렵, 장례식장의 지붕 아래 각 빈소마다 다채로운 소리의 향연이 펼쳐진다. 산중 사찰에서나 들을 법한 스님의 청아한 목탁 소리, 낯선 성인들이 잔뜩 등장하지만 운율만은 토속적인 천주교의 연도 소리, 천국에서 다시 만나기를 기원하는 우렁찬 찬송가 소리, 귓속 달팽이관을 강하게 때리는 무속인의 종소리 등 다양한 기도들이 공존하는데, 매번 그러려니 하면서도 참 이색적이다. 간혹 한 빈소에서 노랫소리가 나면 그 옆의 빈소에선 그에 질세라 목소리를 더 높이는 통에 건물 전체가 공연장처럼 쩌렁쩌렁 울릴 때도 있다. 모두들 하나같이 죽음은 끝이 아니며 사후세계의 성격은 종교마다 다르지만, 어쨌든 죽음 이후 펼쳐질 미래에 대해 희망적으로 얘기한다. 쌓아놓은 공덕이 많으면 거듭된 윤회로 다시 이승에 날 수도 있고, 끝없는 꽃밭과 새들이 노니는 천국에서 영생을 누릴 수도 있다. 듣기만 해도 무언가 위로가 되는 느낌이다. 장례식에서의 종교예식은 철없는 소년의 머리를 매만지는 어머니의 손길 같다.

아무도 죽기 위해 살지는 않는다. 천국을 동경하는 사람들조차도 그곳에 가기 위해 죽고 싶어하지는 않는다. 그러나 여전히 죽음은 우리 모두의 숙명이다. 내가 아는 누군가의 영정 앞에서 그를 위해 기도와 노래를 바치면서 한편으로는 언젠가 나에게 닥쳐올 죽음을 위로한다. 원치 않아도 겪게 되는 가까운 사람들의 죽음 앞에서 우리는 일상의 안녕에서 깨어나 두려움에 휩싸이게 된다. 그리고 '나는?' 하고 묻게 된다. 이런 경험이야말로 죽음의 의미를 되새겨볼 수 있는 절호의 기회가 아닐 수 없다. 그런데도 우리는 오히려 그 충격에서 벗어나기 위해 애를 쓴다. 아침에 장의차를 보면 재수가 좋다고 하는 말도 결국 언짢은 마음을 물리쳐보려는 술책이 아닐는지.

불멸에 대한 믿음은 상실을 부정하고 싶은 인간의 마음 상태를 드러내는 것이 아닐까. 누구나 언젠가는 죽을 수밖에 없는 존재임을 인정하지만, 때로 장막에 가려진 죽음은 이러저러한 방식으로 삶을 연장하는 도구가 된다. 죽은 자가 부활하여 완전한 참 생명을 얻거나, 잠시 육체를 떠난 영혼은 신과 함께 머물다 신이 강림할 때에 육체와 재결합한다는 이야기는 숱하게 들어왔다. 약속된 미지의 세계에서의 훌륭하고 영원한 생이 과연 지상에서의 삶과 죽음의 고통도 불사하게 하는 것일까. 나는 답을 알 수 없다.

떠나간 이의 명복을 다들 저마다의 방식으로 빌고, 남은 이들의 평안을 바란다. '메멘토 모리Memento mori.' 침묵 속에서의 기도와 노동을 삶의 지침으로 삼아온 엄률 시토 수도회에서 허락한 단 하나의 말, '죽음을 기억하자'는 것이다. 나는 다양한 기도 소리를 엿들으며 어느덧 조각난 죽음의 의례들과 친숙해졌다.

귀향

"자식이 되어 가지고 부모를 불태울 셈이냐?"

"고모. 요즘 그런 게 어디 있어요? 다들 화장을 얼마나 많이 하는데."

"아무리 세상이 바뀌었다고 해도 도리라는 게 있는 거야. 도리."

'묘를 잘 써야 자손이 잘된다'는 말을 들어본 적이 있을 것이다. 어느 땅에 묘를 쓰느냐에 따라 자손의 명운이 달라진다는 믿음이다. 과거에는 부모의 몸을 훼손하는 것을 잔혹하다고 여기는 유교적 풍습에 의해 매장이 성행했다. 더구나 풍

수지리까지 광범위하게 유행했다. 명당에 묘를 쓰면 땅의 기운을 받은 조상의 힘이 후손에게 복을 내린다는 믿음이 널리 퍼졌다. 인구 대다수가 농부였던 시절에는 땅에 관한 신앙이 새삼스럽지 않았다.

그런데 시대가 흘러 대가족에서 핵가족으로, 다자녀에서 소자녀로 가족관계가 변하면서 전통적 가족의 기능이 약해졌다. 가족 구성원의 감소는 장례에도 영향을 끼쳤다. 예전 장례가 가족과 친족에 의해 진행되었다면, 요즘 장례는 상을 당한 직계 가족의 일로 한정되면서 대행업체에 진행을 맡기고 자택이 아닌 장례식장에서 치르게 되었다.

대가족 안에서는 토지나 가옥 부지도 그대로 이어져 가업이나 가풍도 전해지고 가족묘도 대대로 계승되었다. 그러나 핵가족의 경우에는 가족묘의 의미가 예전만큼 크지 않고 성묘 관행도 점점 사라지는 추세다. 산업화와 국토 개발 등으로 인해 많은 묘지가 교외로 이전되어 삶의 터전과 멀어지면서 관리에 더욱 소홀해질 수밖에 없다. 전국적으로 수많은 무연고 묘지가 방치되고 있는 현실로 볼 때 앞으로 이런 현상은 더욱 가속화될 것이다.

1970년대 이후에는 사망자 수가 급격히 증가해, 매장 중심의 장묘 문화를 이루는 한국 사회에서 묘지 부족 문제가 대두되었다. 우리 국민의 1인당 주거면적은 4.3평이지만 죽은 이의 묘지는 평균 15평에 이른다고 한다. 살아서는 주택난, 죽어서는 묏자리난에 시달려야 할 판이다. 그래서 1973년에 묘지 면적을 규제하는 장묘관련법 개정에 나섰지만 유림들과 일부 정치인들이 반발하는 바람에 좌절되었다. 그후 1993년에는 시한부 묘지 제도를 도입함으로써 화장 문화를 이끌려는 움직임을 보였다.

이런 현실에서 우리나라의 화장 문화 확산에 크게 기여한 기업이 있다. 1998년에 타계한 최종현 전 SK그룹 회장의 유언에 따라 이 그룹은 2007년부터 세종시 연기면의 약 12만 평 부지에 500억 원을 들여 '은하수공원'을 건립한 다음 2010년에 정부에 기증했다. 최 전 회장은 당시에 이른바 사회 지도층 인사로는 드물게 화장을 선택했다. 업무차 울산 정유공장을 방문할 때면 항상 헬기를 이용했는데, 하늘에서 내려다보니 좁은 땅덩어리에 웬 묘지가 이렇게 많은지 절감하게 되었다고 한다. 평소 우리나라의 좁은 국토가 국제적인 경쟁력 약화를 가져올 것이라고 우려하던 그에게는 큰 고민거리로 다가왔던 것이다. '훌륭한 화장 시설을 지어 사회에 기부하라'는 유지를 받든 아들 최태원 회장은 최고의 종합 장례 시설을 세웠다. 산에 둘러싸인 녹지 공간에 화장로와 봉안당, 장례식장, 자연장 자리를 모두 갖춘 원스톱 시스템을 구현한 것이다. 화장로와 분리된 가족별 휴게실은 상주들이 잠시나마 쉴 수 있는 공간이다. 그야말로 산 자와 죽은 자, 자연과 인간이 하나가 되는 곳이다.

실제로 이 센터의 건립 이후 이를 벤치마킹 대상으로 삼은 화장 시설이 전국적으로 확산되었다. 선진국형 장묘 시설로 명성이 높아지면서 이웃 나라에서도 둘러보러 오고 있다. 과거에는 화장장을 '소각장'이라고 부르는 등 부정적 인식이 강했지만, 하늘과 소통하는 아름다운 장소로 탈바꿈한 은하수공원 덕에 긍정적 인식이 널리 퍼졌다.

보건복지부에 따르면 1994년 20.5%에 불과하던 화장률은 2015년 80.8%를 기록했다. 지난 500여 년 동안 유지되던 매장 중심의 장례 문화가 20년 사이에 급격하게 변화한 것이다. 지금과 같은 높은 화장 선호도와 매년 증가하는 화장률로 볼 때 2020년에는 90%를 웃돌 것으로 전망된다.

화장장을 수없이 오가며 한 인간의 육신이 서서히 재로 변해가는 모습을 지켜보면서 소멸에 대해 생각했다. 자연에서 왔던 사람의 몸이 자연으로 돌아가는 일. 기왕에 돌아가는 길이라면 남은 사람들과 산천에 가장 부담을 덜 주는 방법은 무엇일까. 사는 동안 잠시 빌린 육신을 어떻게 돌려보낼 것인가. 삶의 어느 시점에는 꼭 부딪히게 될 문제다. 형태만 다를 뿐 어차피 다 고향으로 돌아가는 길. 연로한 부모님이 돌아가

셨을 때, 또 내가 죽으면 어떻게 귀향할 것인지 한 번쯤 고민

해봐야 할 것이다.

태양을
피하고 싶었어

아스팔트 위의 계란처럼 지글지글 익어버릴 것 같은 여름의 한복판. 목까지 채운 긴팔 와이셔츠에 검정 재킷을 차려입고 나는 출근한다. 아무리 더워도 반팔은 꿈도 꿀 수 없다. 예의가 아니라는 이유에서다. 그나마 실내는 냉방시설이라도 가동되니 견딜 만한데, 땡볕 아래서 그런 차림으로 있다보면 흘러내리는 땀이 옷과 범벅이 되어 불쾌하기 짝이 없다. 검은 옷 속의 살은 이미 구워질 판이다.

관측사상 기록적 폭염을 기록했던 8월의 어느 날. 새벽부터 전남 나주로 떠날 채비를 했다. 요즘은 거의가 화장을 하지만 집안에 선산이 있거나 묏자리를 미리 봐둔 경우에는 매장을 하기도 한다. 가족이 장법을 결정하면 장례지도사는 이를 잘 수행해야 한다. 매장은 밖에서 치르는 행사다보니 계절과 날씨의 영향을 많이 받는다. 혹한기와 혹서기는 가급적 피하고 싶지만 그럴 수야 있는가. 그나마 겨울은 내복을 겹겹이 껴입으면 어느 정도 해결이 되는데, 한여름엔 고객들 앞에서 옷을 벗어던질 수도 없어 고역이다. 가끔은 더위에 지쳐 갑작스레 눈앞이 깜깜해지며 몸이 무너질 때가 있다. 숨이 막히는 순간의 공포를 이미 몇 차례 경험한지라 외부 활동이 많을 때는 몸 관리에 특히 신경을 쓴다. 버스는 폭염 속의 길을 뚫고 세 시간 넘게 달렸다. 차 안의 시원한 에어컨 공기가 유독 간절하고 귀한 날이다.

버스는 국도를 빠져나온 뒤에도 아슬아슬한 비포장 길을 한참이나 달리더니 인적 드문 시골 마을에서 멈췄다. 야트막한 산등성이를 따라 계단식으로 펼쳐진 논밭과 그 사이사이로 터를 잡은 농가가 보이는 전형적인 시골 마을이었다. 앞 유리창에 크게 '근조謹弔'라 써 붙인 대형 버스가 마을 입구에 들어서니 어떻게 소식을 들었는지 온 동네 사람들이 전부 마중을 나와 인파가 몰렸다. 인파라고 해봐야 스무 명 남짓이지만 말이다. 형형색색의 크고 작은 꽃무늬 단체복을 입은 할머니들은 굽은 등을 한 채 일렬로 서 있고, 보기만 해도 시원한 하안 모시옷을 입은 할아버지들은 정자에 걸터앉아 연신 부채질을 하신다.

"김씨 영감이 갔구면 그려. 쯧쯧." 지인의 죽음을 맞닥뜨린 동네 노인들의 심란함이 한숨과 섞여 길게 새어나왔다. 죽음이 더이상 남의 일이 아니라는 체념 같은 것일까.

고인이 살던 집에 닿으면 '노제路祭'를 지낸다. 주로 집에서 장례를 치르던 과거에는 고인을 모신 관이 집을 떠나기 전에 간단히 상을 차려놓고 제를 지내곤 했다. 장지까지 무사히 당도할 수 있도록 신에게 고하고, 동고동락했던 마을 사람들과 마지막 인사를 나누고, 아름다운 고향 풍경이나 산천 들녘과 아쉬운 이별을 하던 의식이다. 자택 입구에 소박하게 상을 펴놓고 미리 준비해온 과일과 포를 차린 다음 가족들이 하나둘씩 술과 절을 올린다. 뒤이어 각별했던 고향 친구들도 술잔을 건넨다. 고향이 시골이어도 자식들이 도시에 터전을 잡으면 장례는 도시에서 치르고 발인 때나 선산으로 내려오는 경우가 많다. 사정이 이렇다보니 정작 고인과 가깝게 지낸 이들은 장사 지낸 지 3일이 돼서야 고인의 관을 마주하게 된다. 거리가 멀고 워낙 노령인 경우에는 차편을 구해 도시로 나가기도 만만치 않다. 그나마도 선산에 모시기 때문에 고향에 내려온 것이지, 화장을 하게 되면 영정을 두고 인사조차 나눌 수없는 게 현실이다.

고인이 묻힐 곳은 산이 아닌 밭 한가운데였다. 내심 바랐던 나무 밑 그늘이라곤 눈을 씻고 봐도 찾을 수 없다. 바람 한 점 없는 불가마 바로 아래에 서 있는 것 같았다. 아침 일찍 먼저 도착한 인부들이 '광중壙中'(널을 안치하기 위하여 판 구덩이)을 만들어놓았다. 광을 판 뒤에는 숯가루를 바닥에 뿌려 굳게 다지고, 석회와 가는 모래 섞은 것을 그 위에 깐다. 숯은 나무 뿌리와 곤충이 침투하는 것을 막기 위함이고, 석회는 개미나 도둑이 접근할 수 없도록 막기 위함이다. 이제 널을 광중에 모시고 그 위에 붉은 명정을 덮는다. 그런 다음 그 위에 횡대를 놓고 가족들이 돌아가며 관 위에 흙을 나눠 뿌린다. 이윽고 관이 땅속으로 내려갈 때 그제야 사별을 실감한 가족들은 서로를 부둥켜안고 오열한다. 여상주의 얼굴은 땀과 눈물로 범벅이 되어 작열하는 태양 아래에서 유난히도 번들거렸다. 미리 수건을 여러 장 챙겨온 게 천만다행이었다.

　　검은 옷은 땀과 석회 가루에 범벅이 된 거적때기로 변했는데, 구두와 양말도 엉망이긴 마찬가지다. 이제 인부들이 '회다지'(관을 광중에 안치한 뒤 흙으로 채우고 발로 다지는 일)를 하고 봉분을 세우기까지 한 시간 정도 여유가 있으니 장례지도사는 잠시 자리를 비워도 무방하다. 화장실도 급했던 터라 마을 입구를 지날 때 본 회관이 떠올랐다. 그곳에 가면 친절한 할머니들이 시원한 물도 떠주시고 급한 일도 처리할 수 있을 것 같왔다. 나는 반쯤 풀린 눈을 희번덕이며 마을회관을 향해 질주했다.

안에 누가 계시냐고 물어도 대답이 없다. 망설이다 일단 신발을 벗어던지고 회관 안으로 들어섰다. 그런데 다들 점심 식사를 하러 집에 가셨는지 아무도 없었다. 냉장고를 열어보니 시원한 냉수 대신에 유통기한이 한참 지난 막걸리만 굴러다니고 있었다. 도시에선 흔한 정수기가 이곳에 있을 리 만무했다. 목을 축이는 건 나중으로 미루고 일단 화장실부터 쓰기로 했다. 용변을 보고 나니 낡은 샤워기와 바닥에 덩그러니 놓인 세숫대야가 눈에 들어왔다. 땀으로 절어버린 몸에 잠시나마 단비를 선물해줄 수 있을 것만 같았다. 침을 꿀꺽 삼키고 본능적으로 화장실 문을 잠갔다.

그런데 손잡이가 고장이 났는지 잠금 버튼을 아무리 눌러도 걸쇠가 모습을 드러내지 않았다. 만약 씻고 있는데 누군가 화장실 문을 열게 되면 어쩌지. 뼛속까지 시원한 등목이냐, 여자로서의 체면을 지킬 것이냐 갈등하는 순간에 손은 이미 단추를 풀어내리고 있었다. 폭염의 열기가 뇌에까지 영향을 끼친 것인지 그 순간엔 반쯤 이성을 잃은 내가 있을 뿐이었다. 사막에서 오아시스를 발견한 것처럼 쏟아지는 물줄기에 온몸을 맡겼다. 이미 화장은 아무렇게나 녹아내린 지 오래다. 체온이 돌아오자 겨우 숨이 쉬어졌다. 기껏 개운하게 몸을 씻었는데 다시 그 거적들을 주워 입으려니 한숨이 났다. 속옷까지 땀에 푹 절어 꼭 덜 마른 빨래를 입는 느낌이 들었지만 별다른 방도가 없었다. 서둘러 챙겨 입고 다시 전장 속으로 뛰어들어야 했다.

회관을 나서려고 문을 열자 뜨거운 공기가 순간 훅하고 들어왔다. 돌아가는 그 잠깐 동안에 몸은 또다시 흥건히 젖어버렸다. 역시나 어쩔 도리가 없었다. 버티는 수밖에. 봉분이 완성될 동안 가족들의 점심식사를 준비해야 한다. 미리 불러놓은 장지음식 트럭이 먹을 것을 잔뜩 싣고 현장에 도착했다. 마을 정자에 한상 푸짐히 차려놓으니 유가족들과 일꾼들이 몰려들었다. 앉을 자리가 남지 않아 같이 온 직원들은 조금 떨어진 길목에 신문지를 깔고 식사를 하기로 했다. 더위를 이미 많이 먹은 탓인지 밥을 봐도 영 식욕이 돋지 않았다. 밥알이 입으로 들어가는지 코로 들어가는지 감각이 없었다.

한바탕 거사를 치르고 집에 도착하니 벌써 밤 열시다. 화장대 앞에 앉아 거울을 보는데 양 볼에 검은 가루가 잔뜩 묻어 있다. '이게 뭐지?' 휴지로 닦는데 지워지질 않는다. 이런. 말로만 듣던 기미인 것이 분명하다. 기미는 여름이 장렬히 타고 남은 재 가루로 변해 내 얼굴에 덕지덕지 들러붙어 있었다. 사람 몰골이 단 몇 시간 만에 이 지경이 될 수 있다는 사실에 놀랐다.

숨이 막히도록 찌는 더위 속의 사투였지만 그만큼 보람도 가득했다. 더운데 고생한다며 옆집 할머니께서 투박하게 썰어주신 수박도 달고 맛있었다. 고봉밥처럼 둥글고 예쁜 봉분이 완성되니 이제 아버지가 고향땅에서 편히 주무시겠다고 말하던 큰아들의 안도에 나도 그만 마음이 놓였다. 돌아가는 길, 고속도로 위에서 본 뉘엿뉘엿 지는 해의 모습이 들판 위의 봉분과 참 닮았다. 사흘 동안 고생하셨다며 꾸벅 인사하는 나에게 고맙다며 모르는 척하고 받으라고 주머니에 찔러넣으시는 돈을 한사코 거절할 수 있어서 좋았다.

그래. 어쨌거나 이만하면 참 좋은 인연이었다.

그렇게 주근깨 아가씨는 지친 몸으로 행복한 잠자리에 들었다.

당신은
외롭지 않아요

우리의 전통 사회에서 죽은 이가 유교식 제사를 받으려면 결혼을 해서 자식을 봐야 했다. 자식이 있어야 제사를 받을 수 있으며 비로소 조상이 될 수 있다. 반면에 유교 제사의 대상에 포함되지 않는 무자귀신無子鬼神의 경우, 특히 결혼하지 않은 이에게는 장례와 제사를 지내지 않는 것이 관례였다. 요즘에는 독신 가정이나 이혼, 무자녀 부부들이 늘어나면서 전통 예법에 적용될 수 없는 경우도 점차 많아지고 있다.

2017년도 기준 우리나라의 1인 가구 비율은 약 28%로, 2000년대 초반에 비해 70만 명이 증가한 실정이다. 3.5가구당 1가구가 '나 홀로 가구'인 셈이다. 고령화 추세와 더불어 결혼을 하지 않는 젊은층이 늘면서 자연스럽게 증가하게 된 것이다. 홀로 생활할 경우 예상되는 문제점에 대해 설문조사를 한 결과 가장 많은 수가 '심리적 불안감·외로움(36%)'을 꼽았고, 다음으로 '아플 때 간호해줄 사람이 없음(21.8%)'이라는 응답을 했다. 아프고 외로울 때 혼자인 것이 가장 힘들다는 말이다. 그렇다면 '나 홀로 죽음'은 어떤 모습일까.

교사로 일하던 어느 40대 여성이 암 투병을 하다 숨졌다. 결혼을 하지 않아 그녀의 부모님이 장례를 주관했다. 창창한 나이의 자식을 먼저 떠나보내야만 하는 부모의 심경을 헤아리자니 언제나 그렇듯 마음이 무거웠다. 가장 작은 빈소에 짐을 풀고 소박한 제단을 꾸몄다. 입관식에는 가족과 동료교사들이 참석하여 고인의 명복을 빌었다. 입관 후에는 성복제라는 고인의 첫 제사를 올린다. 보통은 자녀들이 술을 한 잔씩 올리며 절을 하지만 미혼인 경우에는 전통 예법을 적용할 수 없다. 그래도 상을 차렸는데 왠지 술이 빠지면 안 될 것 같아 머뭇거리던 고인의 아버지가 술잔을 손에 쥐자 옆에 있던 분이 막으셨다.

"어허. 윗사람은 아랫사람에게 술을 올릴 수 없어요!"
"아. 그, 그런가?"

당황한 아버지는 빈 술잔을 다시 제단 위에 놓고 물러섰다. 이런 상황에 꼭 예법을 따라야 하는지 의문이 들었지만 그렇다고 함부로 끼어들 수도 없었다. 시선을 떨어뜨리고 못내 아쉬워하는 아버지의 굽은 등이 쓸쓸해 보였다. 그저 먼길 떠날 딸자식에게 술 한잔 따라주고 싶었을 뿐인데…….

얼마 지나지 않아 사무실에 전화 한 통이 걸려왔다. 누군가 돌아가시어 장례 접수를 하는 건가 싶었는데 뜻밖의 사연이었다.

"음. 제가 시한부 선고를 받은 상태라 이제 장례식 준비를 하려고요. 저는 혼자 살고 있고요, 부모님 외에 다른 가족은 없어요. 그런데 평범한 장례보다는 제가 미리 생각해둔 장례로 하고 싶은데, 혹시 가능할까 해서 먼저 물어보는 겁니다."

"아, 그럼 저희가 어떤 부분을 도와드리면 될까요?"

"일단 사람들이 제가 일찍 죽었다고 슬퍼하지 말았으면 좋겠어요. 저는 남들보다 조금 일찍 천국의 부름을 받은 것뿐이니까요. 그리고 저는 흔한 수의보다는 드레스를 입고 싶어요. 어릴 때부터 공주님이 되는 게 꿈이었거든요. 하핫. 핑크색 실크로 된 드레스인데……. 음, 제가 사진을 보여드릴 수 있어요. 미리 찾아놓은 게 있거든요. 또 조문을 온 사람들에게 인사를 전하고 싶은데 제가 직접 할 수는 없잖아요. 그래서 영상을 만들어서 틀어놓고 싶어요. 저의 지금 모습 그대로 마지막 인사를 하는 모습을 찍어서 사람들에게 보여주고 싶어요. 뭐, 대체로 이렇게 하고 싶은데, 가능할까요?"

처음 들어보는 고객의 색다른 요청에 우선 놀랐고, 죽음을 앞둔 젊은 사람이라 여길 수 없을 정도로 밝은 목소리에 또 놀랐다. 그녀의 요청을 적은 메모지를 들고 가서 팀장에게 보고를 하자 그 자리에 있던 모든 직원들의 눈이 휘둥그레졌다. 잠시 고민을 하던 팀장은 "그래, 한번 해보지 뭐"라고 응했다. 솔직히 기대는 하지 않았다. 일반적인 장례보다 비용이 더 들어가는 것은 둘째 치고 신경을 두 배 이상 써야 할 것이기 때문이었다. 다른 데를 알아보도록 둘러대라고 할 것이라 예상했지만, 자신의 임종을 준비하는 분의 심경이 어떨지를 감안해서 그랬는지 팀장은 의외로 호의적인 입장이었다.

당시만 해도 사전 장례 상담이 보편화되어 있진 않았다. 특히나 본인의 장례에 관해서는 더더욱 그랬다. 우리는 먼저 그녀를 만나 구체적인 사항을 의논하기로 했다. 그녀가 입고 싶다던 드레스는 만화 주인공의 옷이었다. 연분홍색과 하얀색이 어우러져 허리 밑으론 풍성한 그야말로 공주 드레스였다. 그런데 입관이 문제였다. 누워 있는 사람에게 옷을 입히자면 품이 작은 기성복은 아무래도 적합하지 않다. 그래서 행사의상 전문 업체에 문의하여 사진 속의 드레스를 그대로 구현하되 뒤쪽엔 지퍼 대신 리본으로 묶을 수 있게끔 특수 제작을 해달라고 부탁했다. 그리고 영상 제작 업체와 손잡고 추모 영상을 만들어보기로 했다. 접객실에는 이동이 가능한 키오스크 장비를 대여하여 설치할 예정이었다. 그녀의 소원이 차근차근 이루어지고 있었다.

몇 달 후 그녀의 임종 소식을 들었다. 연한 미소를 띤 채 드레스를 입은 그녀는 생전의 바람대로 예쁜 공주님이 되었다. 다채로운 꽃이 가득 장식된 관에 모시니 당장에라도 동화 속 세상으로 여행을 떠날 것만 같았다. 빈소에 가보니 나긋나긋한 그녀의 목소리가 잔잔하게 울려퍼졌다.

"저의 장례식에 와주셔서 감사해요. 저는 지금 천국에 와 있어요. 그러니 저를 걱정하진 마세요. 친구들아. 너희들이 있어서 웃을 수 있었고 행복해질 수 있었어. 그리고 엄마 아빠 모두 감사해요. 여러분들의 사랑 덕분에 저는 정말 행복한 삶을 살았어요. 슬프다는 생각은 하지 마세요. 저를 위해 울기보다는 그냥 잠깐이라도 기도해주시면 그걸로 돼요. 다음에 다시 만날 때까지 모두 건강하시고 행복하세요."

독한 약물 탓인지 조금 수척해 보이긴 해도 그녀의 티 없이 맑은 음성과 환한 웃음에 보는 이들도 물기 어린 미소를 지었다. 마치 그녀가 한 사람 한 사람의 옆에 앉아 따사로이 손을 잡고 이별의 인사를 나누는 것 같았다. 부모님이 돌아가시면 그 자녀들이 조문객을 맞이하며 슬프게 곡을 하는 장례만 보다가 이렇게 고인이 주체가 된 예식을 접하니 처음엔 다들 조금은 어색해하면서도 나중엔 그 의미를 이해하고 고개를 끄덕거렸다. 빈소 안에는 자녀들의 승진 얘기나 친척이 땅을 산 얘기가 아니라 고인에 관한 이야기로 가득했다. 그땐 그랬었지 하며 간간이 웃음꽃도 피웠다. 장례식을 치르면서 생각했다. 어쩌면 이번 장례식은 그녀가 떠나며 남긴 가장 아름다운 유산이 아니었을까. 인생 최후의 3일을 이렇게 보내는 것도 참 좋겠다 싶었다.

가슴을 쥐어뜯으며 비통해하지 않고도 잠시나마 자신과의 추억을 떠올릴 수 있으면 그것으로 족하다는 그녀의 마음은 잔잔한 바람이 되어 함께해준 모든 이에게 전해졌다.

단잠에 든 그녀의 평온한 미소처럼 창밖의 햇살이 고요하게 눈부시다.

나는 경치 좋은 데가
좋더라

모든 장례가 다 슬프기 마련이지만, 특히 상주가 내 또래일 때는 남의 일 같지가 않다. 내 부모님은 아직 젊으신 편이지만 평소 건강관리에 소홀하셔서 안타깝던 참이다. 사회에 막 첫발을 내디뎠거나 아직은 자리를 잡지 못한 청년들에게 갑작스럽게 닥친 부모님의 죽음이란 청천벽력이다. 나중에 돈 많이 벌면 효도하겠다고 마음만 먹었지 아직 해드린 것은 없는데. 왜 부모님은 늘 한없이 베풀기만 하시고 받지는 못하시는지. 자식의 입장에서 부모의 심정을 헤아리기란 참으로 어렵다.

고객을 만나 상담을 하기 전, 서류에 적힌 상주의 나이를 보니 나와 동갑이다. 위로 누나가 또 있었지만 아들이 하나라서 맏상제가 되었다. 검정 뿔테 안경을 쓴 까까머리 어린 아들은 안절부절못하고 있었다. 장례가 어떻게 진행되고, 이제부터 뭘 하면 된다고 거듭 설명해도 넋이 나간 아들의 귀에는 들리지 않았다. 왜 본인이 이곳에 있어야 하는지 도무지 영문을 모르겠는 표정이다. 뒤늦게 도착한 친척들은 "네가 하나뿐인 아들이니 의젓하게 잘해야 한다"며 훈수만 두었다. 가뜩이나 무거운 어깨에 돌만 더 얹어준 셈이다.

입관실에 들어가 아직 건장한 아버지의 몸을 뵙는 순간부터 아들은 비명에 가까운 통곡을 쏟아냈다. 시설이 열악한 장례식장이라 입관실과 참관실이 분리되어 있지 않았다. 바로 옆에서 소리를 치는 통에 귀가 멀 것 같았다. 그 비명은 마치 '왜 이리 야속하게 빨리 가셨나요. 남은 저는 이제 어떻게 살아가라고요'라고 외치는 것 같았다. 원망과 슬픔이 뒤섞인 그 소리가 안치실 복도까지 쩌렁쩌렁 울렸다. 소름 끼치도록 무서운 광경에 울부짖는 그 소리는 한 시간 동안 목이 쉴 정도로 이어졌다. 아직 부모와의 이별을 받아들이기엔 너무 이르다. 자립해서 행복하게 사는 모습을 보여드릴 때까지 건강하게 사실 줄 알았는데. 자녀의 죽음 앞에선 못다 베푼 사랑만 떠오르듯, 자식들도 부모의 죽음 앞에선 못다 한 효도가 눈에

밟혀 견딜 수 없다.

몇 달 후 만난 어떤 상주는 나보다 두어 살 어렸다. 어머니와 단둘이 살던 딸이다. 해외 유학을 갔다가 어머니의 부고를 듣고 한달음에 달려왔다. 딸은 너무도 슬피 울어 지켜보는 나도 괴로웠다. 늘 '엄마' 하고 부르면 다정하게 응해주셨는데, 이젠 입을 열 수 없는 엄마를 눈으로 보고도 믿을 수가 없다. 나는 평소 하던 대로 고인의 얼굴에 화장을 곱게 해드렸다. 그러자 딸이 한 발짝 앞으로 나서며 나에게 말했다.

"저기……. 제가 우리 엄마가 좋아하는 화장품을 챙겨왔는데요. 직접 발라드려도 될까요?"
"네. 그럼요. 이쪽으로 오세요."

그녀는 온몸으로 흐느끼며 미리 준비한 립스틱을 고인의 입술에 발라드렸다. 손이 너무도 떨려서 연신 수정을 해가며 발라야 했다. 분홍색 볼터치도 해드리려고 꺼냈는데 딸의 눈물이 어머니의 볼을 적셔서 꼭 어머니가 우시는 것처럼 보였다. '이렇게 예쁜 딸을 두고 어찌 발걸음이 떨어질까.' 그녀처럼 외동딸인 나도 가슴이 먹먹해졌다. 만약 나라면 어땠을까……

장지를 아직 정하지 못한 그녀에게 사정을 묻자, 이제는 어머니와 한시라도 떨어져 있기 싫다며 화장해서 보석으로 만들어 집에 모셔놓겠다고 했다. 유골 성형을 말하는 것 같았다. 화장한 분골에 고열을 가하여 구슬 형태의 보석으로 만들어주는 업체들이 있다. 유골함에 모시는 것보다 부피도 작아지고 부패 위험도 없어 집에 모시기에 적절한 방법이다. 일본에선 이 보석으로 액세서리를 만들어 착용하기도 한단다. 꿈을 이루려고 외국에 나가 있는 동안 어머니는 행여 딸이 자신을 걱정하여 학업을 그만둘까봐 병세를 숨겼다. 그런 별거가 못내 마음에 걸렸던 모양이다. 한줌의 재로 돌아간 어머니 유골이 함에 담기자 딸은 두 팔로 소중히 감쌌다. 아기가 부모의 품에 안겨 자란 것처럼, 부모의 작아진 육신도 자식의 품에 안겨 영면하다니. 비록 그 시간은 부모가 자녀를 위해 밤을 지새운 나날들에 비하면 너무도 짧지만 말이다.

어느덧 장례 일을 하는 딸이 익숙해진 어머니가 갑자기 생뚱맞은 소리를 한다.

"나중에 나 죽으면 네가 직접 염해주면 되겠다, 얘."
"에이. 그런 쓸데없는 소리를 왜 해?"
"뭐 어떠냐. 언젠간 벌어질 일인데. 나는 경치 좋은 데가

좋더라. 니가 다니면서 한번 봐둬. 이왕이면 할아버지랑 멀지 않은 쪽으로 해서."

"아유, 몰라. 밥이나 먹어."

누구나 사람의 목숨이 유한하다는 걸 알지만, 또한 누구나 자신을 그 범주에서 빼놓고 생각한다. 나 역시 그렇다. 수많은 부모님을 내 손으로 모셨지만 막상 내 부모님의 죽음을 떠올리니 그냥 생각하는 것 자체만으로도 버겁다. 그런 날이 영영 안 오면 좋겠다. 다른 사람들에겐 죽음 앞에 후회 없도록 가족들과 화목하게 지내라고 말하면서도 정작 나는 나무토막처럼 무뚝뚝한 딸이었다니. 한참을 고민하다가 엄마에게 '사랑해' 세 글자를 문자로 보냈다. 몇 시간 뒤 근심 어린 표정으로 다가온 엄마가 휴대폰을 보여주며 물었다.

"얘. 네 번호로 여기 이상한 문자가 왔어. 설마 이걸 네가 보냈을 리는 없잖니. 혹시 이걸 누르면 나쁜 바이러스가 퍼질까봐 만지지도 못하고 왔어. 이게 뭐라니?"

평소 얼마나 표현을 안 하고 살았으면 사랑한다는 말을 온전히 받아들이지도 못하게 됐을까. 그간의 불효를 마음 깊이 반성했다.

피할 수 없는 가족과의 영원한 이별이 그저 다 공부라고, 큰 공부일 뿐이라고 말할 수 있으면 얼마나 좋을까. 태어나는 것은 스스로 알지 못하고, 산다는 것의 소중함은 망각하기 쉽고, 죽을 때에는 고통 속에 떠난다. 바로 지금, 살아 있는 이 순간에 손이라도 한 번 더 잡고, 한 번 더 안아보고 말해야 한다. 고맙다고, 사랑한다고. 당신의 자녀로 태어나서 자란 건 행운이었다고.

자부님과 따님은
나와주세요

전통 장례에서는 대렴을 마친 이튿날, 즉 사망한 지 4일째 되는 날 상제들이 상복을 입을 때 드리는 제사가 성복제이다. 혹여나 고인이 소생하실까 하는 마음에 병풍 뒤에 모셔놓고 애타게 기다렸지만 끝내 깨어나지 못하시니 우리 자손들이 상복을 입게 되었다며 슬피 고하는 의식이다. 요즘은 3일장이 보편화되어 조문객들이 오기 전에 상복을 미리 입고, 입관이 끝나면 바로 성복제를 지낸다. 원래 고인의 육신이 머무는 동안에는 제사라는 표현은 쓰지 않아서 성복례成服禮라고도 하지만 보통 제사라고 한다.

지역이나 가풍에 따라 제례풍습이 다르기 때문에 장례지

도사는 먼저 나서지 않고 그 집안에 집례를 보실 어르신이 계시는지부터 우선 확인해야 한다. 장례지도사가 배운 대로 집도執導를 하더라도 그것이 가풍과 맞지 않으면 가족들로서는 불편할 수 있기 때문이다. 대가족인 경우에는 대개 친지분들 중 제사 때마다 집도를 하셨던 분이 계시는지라 나는 곁에서 지켜보다가 음식을 올리고 물리는 것만 도와드리면 된다. 그러나 이런 경우는 갈수록 줄어들고 있다. 핵가족이 늘어나면서 제사 문화를 어깨너머로만 본 게 전부라, 전문가에게 집도를 요청하는 상황이 늘었다.

교육생 시절에 익힌 장례 절차 중 가장 어려웠던 것이 제사 집도였다. 젊은 여성이 한 집안의 제사를 이끈다는 것이 가당키나 한 일이냐고 생각했지만, 선배들은 오히려 '너도 할 수 있어'라며 격려해주었다. 집에서도 제사를 올리긴 했지만 여자는 음식만 나를 뿐, 향을 피우거나 절을 하는 절차에는 참여할 수 없었다. 이럴 줄 알았으면 좀 자세히 봐둘 걸……. 선배들이 진행하는 것을 옆에서 바라보고만 있어도 무대 위에 선 신입 배우처럼 어깨 근육이 뻣뻣하게 굳어갔다. 나도 잘할 수 있을까 하는 걱정에 며칠 밤을 뒤척였다.

경력이 많은 선배들의 제사 집도는 물 흐르듯 매끄러워 마치 한 편의 연극을 보는 듯했다. 흔한 예식도 어떻게 연출하느냐에 따라 하나의 작품이 될 수도 있다는 걸 배웠다. 방금 전까지 부모님의 입관을 지켜보며 오열하느라 넋이 나간 상태에서도 가족들의 표정은 사뭇 진지하고 엄숙했다. 두 손을 공손히 모으고 시선은 팀장의 손끝에 집중하며 숨을 조용히 내쉰다. 제사상이 정돈되면 맏상제를 앞으로 불러 분향강신焚香降神을 한다.

"이 앞에 무릎을 꿇고 앉으셔서 향 세 개를 집어 초에 대고 불을 붙여주십시오. 첫번째 향은 먼저 가신 선영님께 어머님의 임종을 고하고, 두번째 향은 지하 신께 고하며, 세번째 향은 어머님의 혼을 빈소로 잠시 모신다는 의미입니다."

사실 집도에 특별한 매뉴얼은 없다. 향 하나에도 의미를 부여하기 나름인 것이다. 물론 일부는 어느 고서의 예문을 빌려 전해진 해설이겠지만 어떻게 표현하느냐에 따라 책을 읽는 행위가 될 수도 있고 위로가 될 수도 있다. 향에 불만 붙였을 뿐인데도 벌써 어머니가 사진 속에 깃들어 계시는 것처럼 느껴졌다.

첫 술잔을 올리는 의식인 초헌이 끝나면 독축을 한다. 가족들은 무릎을 꿇고 앉아 고개를 숙인다. 이어 집사자가 엄숙한 목소리로 축문을 읽는다. 담당자에 따라 그냥 소리 내어 읽기도 하지만, 선율을 덧대어 구슬픈 노래로 부르기도 한다. 마치 극이 중반부를 넘어 절정에 이르렀을 때의 노래처럼 마음을 울린다. 전문이 한자로 되어 있어 그 뜻을 알지 못하는 사람들을 배려해서 곡을 마친 후 친절히 해설해드리기도 한다.

'경인년 음력 유월 십일일

삼가 어머님 영전에 감히 고하나이다.

세월은 머물지 않고 흘러 어느덧 상복을 입게 되어 슬픔을 금할 수 없습니다.

밤낮으로 그리운 마음에 한시도 편할 때가 없습니다.

이에 맑은 술과 여러 음식으로 제사를 올리오니 부디 흠향하시옵소서.'

뜻을 알아들은 가족들은 못내 소매로 눈물을 감춘다. 집안 서열대로 한 잔씩 고인께 술을 정성껏 올리고 마지막 음복 절차만 남겨두었다. 그런데 장례 초반부터 사이가 안 좋아 보였던 큰며느리와 작은딸이 아직도 뭔가 석연찮은 듯 표정이 굳어 있다. 장례지도사가 가정사에 왈가왈부할 순 없지만 선배는 기가 막힌 방법으로 둘의 화해를 유도했다.

"자. 자부님하고 따님은 앞으로 한 발짝 나와주십시오. 이 술잔을 두 분이 함께 잡아주세요. 이 잔은 가족의 화목과

형제간의 우애를 어머님과 전가족이 보는 앞에서 약속드리는 잔입니다."

딸과 며느리는 머쓱한 얼굴로 주위를 살피다 이내 공손히 잔을 받아들고는 나란히 앉아 술을 올렸다. 지켜보는 가족들도 흐뭇한 미소를 지어 보였다. 고인 입장에선 맛깔스러운 음식과 비싼 술보다 자녀들이 화목하게 지내는 모습을 더 좋아하실 것이다. 어머님 영전에서 맹세를 하였으니 이제 서로 간의 갈등과 미움을 다 풀고 정답게 살아가시길 기원했다. 제사에 꼭 포함되는 순서는 아니었지만 선배의 작은 배려로 가족들도 모처럼 편안히 음식을 나눌 수 있었다.

제사상에 필히 올리는 음식에는 갖가지 의미가 담겨 있다. 나무에 열매가 맺히듯 근본을 기억하며 자손의 번창을 바라는 대추와 밤도 있고, 오행에서 우주의 중심을 뜻하는 황색 상징인 배도 있다. 감은 씨앗을 심으면 처음부터 감나무로 자라는 것이 아니고 먼저 고욤나무로 자라난다. 그 나무가 3년에서 5년이 지났을 때 감나무 가지를 잘라 접을 붙여야 이듬해부터 감이 열린다. 마찬가지로 사람도 태어났다고 저절로 사람이 되는 것이 아니라, 칼로 생가지를 째서 접을 붙이는 것만큼의 고통이 따라야 비로소 사람이 된다는 뜻이다. 그 고통은 성장통일 수도 있고, 사랑일 수도 있고, 무언가를 배우면서 겪는 아픔일 수도 있다. 나 또한 지금보다 더 배우고 깨우친다면 그야말로 어엿한 어른이 될 수 있을까.

나는 아직 고욤나무에 불과하다.
하지만 늘 열매 맺는 꿈을 꾼다.

삶과 죽음은
다르지 않다

젊어서는 머리가 까맣지만 세월이 흐르면 어느새 은색으로 변한다. 그래서인지 흔히 중장년층이 모여 사는 주거시설을 실버타운이라고 부른다. 우리나라에 실버타운이 들어서기 시작한 것은 20년쯤 전부터다. 현재 100세대 이상이 입주해 있는 대규모 실버타운은 전국적으로 30여 곳에 달한다. 오늘은 그중 한 곳에 가서 상조 상품을 홍보해야 한다. 영업팀에 근무하게 되면서 단체나 기업, 종교시설을 찾아가 영업을 할 기회가 많아졌다. 노인들이 수백 명 있는 곳에 가서 죽음과 관련된 상품을 소개해야 하는 만큼 심적으로도 부담이 컸다. 죽음을 경시하는 사회 풍조 속에서 그 단어를 미리 입에 올리는 데에는 많은 용기가 필요하다.

경기도의 한 산골에 위치한 요양병원에 도착하니 사방이 산으로 둘러싸여 있고 앞에는 들판과 호수가 펼쳐져 있어 그야말로 장관이었다. 공기도 워낙 맑아서 도착하자마자 몸이 정화되는 느낌이 들었다. 입구에 들어서니 담당자분이 반갑게 맞아주셨다. 동행하며 시설을 소개해주셨는데 1층에는 작은 병원이 있어 언제라도 몸이 아프면 즉시 방문할 수 있었고, 종교 및 취미 생활을 위한 시설도 다양하게 갖춰져 있었다. 그리고 지하에는 장례식을 할 수 있는 공간이 마련되어 있었고, 건물 밖 5분 거리에는 화장한 유골을 모실 수 있는 봉안당이 있었다. 이미 친숙한 생활공간 속에 죽음과 관련된 시설들이 함께하고 있다니.

그렇다면 이곳에 사는 분들은 죽음에 대해 어떻게 받아들이고 있을까. 혹시나 거부감을 갖고 계시진 않을까 걱정했다. 그러나 복도에서 마주치며 인사를 나누었던 모든 분들은 마치 내가 꿈을 꾸고 있는 건가 싶을 정도로 환한 표정을 짓고 있었다. 심지어 상조 상품을 소개하는 중에도 싫은 내색 하나 없이 시종일관 밝은 얼굴을 하고 계셨다. 동네에서 늘 뵈던 노인들은 항상 어두운 그늘과 한숨을 지팡이처럼 짚고 다니시던데, 여기 계시는 분들은 왜 이렇게 표정이 환한 걸까. 무엇이 이들을 행복하게 하는 것일까.

나도 덩달아 기분이 좋아져 로비에서 도란도란 얘기를 나누시는 할머니들 사이로 살짝 들어가보았다. 한 분이 손녀를 대하듯 따스한 눈길로 나를 바라보며 말씀하셨다.

"미리 준비하면 좋지, 암만. 나는 우리 아들이 잘 알아서 해주겠지만 말이야."

"아이 그럼. 누구나 죽는 걸, 뭐. 죽는 날까지 행복하게 살다 가는 게 중요한 거야."

"여기 있으면 친구들도 많고, 같이 춤도 추고 노래도 하고 얼마나 좋은데. 내일은 우리 며느리가 나 보러 온다고 했어. 자식들도 가끔씩 봐야 더 반갑다고. 호호호."

나이가 비슷한 분들끼리 모여 공감대도 형성할 수 있고, 함께 취미 활동도 하면서 외로움에서 벗어나고, 또 가족과 멀어지는 듯한 소외감에서도 벗어날 수 있다. 자녀들은 사회생활 하느라 바쁘고 손자손녀들은 학업에 지쳐 있다. 그 틈에 할머니 할아버지들은 자식 눈치에 손자 눈치까지 보느라 숨을 죽인다. 가끔 동네 친구들을 만나려 해도 도심 속에선 어울릴 만한 곳이 마땅치 않다. 그렇다고 혼자 살자니 주거비용이 부담되고 밥 한 그릇 해먹는 것도 힘에 부친다. 그런데 이곳은 이런 노인들의 고충을 말끔히 해소해주고 있었다. 우리나라의 노인 복지 사업이 아직은 완전한 정착 단계라고 보긴 힘들다. 일부에서는 재정난으로 인해 의료서비스나 편의시설을 제대로 제공하지 않아 문제가 되기도 한다. 벌써 백 살까지 사는 시대가 도래한 만큼, 앞으로 급증할 노인 인구에 대비하여 '노인복지주택'에 대한 법적 장치도 강화되어야 할 것 같다.

점심을 먹으러 식당에 가니 호텔 뷔페가 부럽지 않을 정도로 맛깔스럽게 차려진 음식들에 군침이 고였다. 저염식 코너가 따로 마련되어 있어 당뇨를 앓거나 특별히 건강관리가 필요한 분들에게 안성맞춤이다. 식사를 하면서도 테이블 곳곳에선 웃음꽃이 피었다. 배부르게 먹고 일어서려는데 후식이라며 한 분이 떡을 나눠주고 계셨다. 얼마 전 이곳에서 여생을 보내시다 장례를 치른 분의 자녀들이 함께 생활하셨던 분들에게 보답하고자 떡을 맞춰 오셨다고 한다. 고인의 따님은 한 분 한 분께 다가가 정성껏 인사를 드리며 어머니가 행복하게 말년을 보낼 수 있도록 도와주셔서 고맙다고 했다. 흔히 노후를 떠올리면 '늙으면 얼른 죽어야지. 더 살아서 뭐해'와 같은 체념 섞인 독백이 생각나곤 했는데, 이제는 그런 편견에서 벗어나 행복한 표정으로 복된 죽음을 맞이할 수도 있겠다는 희망이 생겼다.

삶과 죽음은 다르지 않다. 둘 중 하나를 떼어놓을 수도 없다. 생을 풍요롭게 채워가자면 죽음을 회피하고 삶을 욕망하기만 하는 것으론 부족하다. 도심에 장례식장 하나가 들어서려면 오랜 기간 인근 주민들의 거센 민원을 견뎌내야 한다. '우리 아이 통학로에 시체실이 웬 말이냐', '지역주민 행복권 말살하는 장례식장 폐쇄하라' 등의 펼침막이 내걸린다. 건립 공사가 시작되면 주민들은 협상 안건으로 '장례식장'이라는 간판을 내걸지 말 것과, 상복을 입은 사람들이 바깥으로 출입하지 말라는 조건을 제시한다. 물론 장의 차량의 운행에도 불편한 기색을 드러낸다. 대부분 집값이 떨어진다거나 자녀들의 교육에 썩 좋지 않다는 이유에서다. 수많은 이웃들 중 누군가는 반드시 죽고 그 가족들에겐 꼭 필요한 공간임에도 혐오시설로 치부된다. 그렇다고 모든 장례식장을 사람들이 살지 않는 외딴곳에 지을 수도 없는 노릇이다.

나는 그 마을에서 죽음을 자연스레 받아들이고 그로 인해 더욱 행복해진 노인들을 보았다. 죽음 사이에 일상이 끼어드는 게 아니라, 일상 속에 죽음이 당연한 듯 머무는 삶. 친구의 장례식이 열리면 모두 함께 추모하고, 한낮에 산책을 하며 봉안당을 한번 둘러보는 삶 속에서 그들은 스스로를 자유롭게 하고 있었다. 삶과 죽음을 구분 짓지 않고 하나의 연장선으로 인식하는 것이다. 그들의 맑은 미소의 원천도 거기에 있을

것이다. 죽음을 진정 애도함과 동시에 그것을 수용하고 상실
과 변화를 이해할 때 비로소 행복한 삶과 행복한 죽음이 완성
될 수 있지 않을까.

행복의
열쇠

상조 상품은 가격대별로 구분되어 있다. 상품 구성은 동일하지만 제공되는 품목의 질과 양에서 차이가 난다. 당연히 고객은 원하는 대로 선택 가능하다. 고가 상품은 주로 정부기관 또는 대기업의 고위직이거나, 개인 사업을 크게 하거나, 전문직인 분들이 이용한다. 아무래도 경제적으로 여유 있는 분들이다. 하지만 그렇게 여유롭다고 해서 전부 마음의 여유가 있는 것은 아니었다.

한 건실한 사업체를 운영하고 있는 대가족을 만났다. 최초 가입시에는 저렴한 상품으로 정했다가 정작 장례 때에는 상담을 하고 나서 고가 상품으로 변경해달라고 요청했다. 벌써 부고를 하신건지 빈소가 채 마련되기도 전에 화환이 우수수 밀려들었다. 가족들과 상담하는 자리에서 나는 줄곧 불쑥 찾아든 외판원이 된 느낌이었다. 처음부터 끝까지 온통 비용 얘기뿐이었다. 윤기가 흐르는 밍크코트를 걸친 여상주님이 '이거 비싼 상품인데 그까짓 상복쯤 하나 더 줄 수 없냐'고 야단을 치셨다. 한 벌 정도야 회사에 자초지종을 설명하면 담당자 재량으로 더 해드릴 수 있는 부분이지만, 워낙 강압적으로 말씀을 하시니 초장부터 기가 팍 죽었다.

홍정을 하면서도 제단 꽃은 가장 크고 화려한 것으로 고르셨다. 보는 눈이 많아서 초라하게 장식을 하면 체면이 상한다는 이유에서였다. 그런데 음식 주문을 할 때에는 얘기가 달랐다. 한사코 저렴한 것을 고른 것도 모자라, 친척 중에 요식업을 하는 분이 있어 일부 음식을 가져오겠다는 것이었다. 장례식장에서 외부 음식 반입은 위생 문제와 식중독 위험이 있기 때문에 금하고 있다. 하지만 식당 직원과 거의 싸울 기세로 강경하게 요구해왔다. 하는 수 없이 음식 관련 위생 사고가 발생하더라도 책임을 묻지 않겠다는 각서를 받고 나서야 어렵사리 반입을 하게 되었다. 하나부터 열까지 쉬이 넘어가는 일이 없었다. 음식을 담당하는 도우미분들이 접객실로 투입되자 마치 아랫사람을 대하듯 훈계하기 시작했다.

"음식은 남기지 않도록 적게 담아주시고요, 혹시라도 손을 안 댄 음식이 있으면 버리지 말고 다른 손님상에 올려주세요."

"아, 예. 그럼요. 저희가 알아서 잘 해드릴게요. 그런데 음식 재활용을 하면 혹시라도 문제가……."

"버리기 아까우니까 그냥 그렇게 해주세요. 왜요, 일부러 음식값 많이 나오게 하려고 그러는 건 아니죠?"

만만치 않은 상주라는 것을 눈치챈 도우미들은 더이상 말을 건네지 않았다. 부잣집이면 인심이 후할 줄 알았는데 이리도 인색하게 굴다니. 하긴 가진 것과 베푸는 것은 비례하지 않는다. 장례 첫째 날이 저물자마자 가족들은 부의함을 열고 봉투를 세기 시작했다. 일일이 손으로 헤아릴 수 없을 만큼 많은 양에 지쳤는지 혹시 현금 계수기는 없는지 확인해달라고 했다. 물론 큰 상가니까 부의금도 많이 들어왔겠지만 고인을 추모하는 장례라기보다는 거의 이벤트 사업에 가까웠다고 할까. 돌아가신 부모님의 흔적을 더듬는 것보다 누가 얼마를 냈는지 확인하는 게 더 중요해 보였다. 어쩔 수 없는 일이겠지만, 커다란 꽃송이 사이에 놓인 할머니의 영정이 어쩐지 쓸쓸해 보였다.

하루는 옆 빈소에서 장례를 진행하던 선배가 외부 흡연 구역에서 탄식을 내뿜고 있었다. "왜 그래요. 무슨 일 있어요?"

"야. 내가 참 살다 살다 별꼴을 다 본다. 아니 상주가 나한테 죽은 자기 마누라 금니를 빼달라는 거야, 글쎄. 개수까지 정확히 알고 있더라고. 여섯 개라고. 그걸 어떻게 빼내느냐고 하니까 상조회사에서 그것도 못 해주냐면서 화를 내더라. 해도 너무 해 그건. 참."

상주는 정말 아내와의 영원한 이별 앞에서 그 금니가 눈에 아른거렸던 것일까. 장례지도사에게는 그리 무리한 부탁이 아니라고 생각했을지도 모르겠다. 당황한 선배가 그건 차마 못하겠다는 표정을 지으니, 상주도 내심 부끄러웠는지 없던 일로 하자며 성을 내고 돌아섰단다.

반면에 마음이 참으로 풍요로운 분을 만난 적이 있다. 빈소를 차리는데 상주님이 다가와 부의금을 받지 않겠다는 안내 문구를 입구에 붙여달라고 했다. 제일 크고 비싼 빈소를 잡았는데, 조문객도 엄청 오실 예정이라는데 부의금을 받지 않겠다니. 정말 가족들과 상의해보셨냐고 묻자 아버님이 생전에 꼭 그렇게 해달라며 유언을 남기셨다고 했다. 음식도 가능한 한 넉넉히 주문했고, 큰 상주님이 도우미분들에게 직접 부탁해서 음식을 아끼지 말고 가득가득 담아달라고 했다. 이런 태도의 차이는 과연 어디에서 생기는 것일까. 물질적 풍요보다는 아마도 마음의 여유일 것 같았다. 아무리 가난해도 마음이 있는 한 함께 나눌 것은 언제든 있다.

　더욱 놀라운 점은 아이들의 모습이었다. 아이들은 죽음이 뭔지, 장례가 뭔지 모른다. 명절이 아닌데도 한자리에 모인 또래 아이들은 반가운 마음에 빈소 안에서 뛰어놀기도 하고 소꿉놀이도 즐긴다. 세 끼 정도 같은 반찬을 먹으면 음식 투정을 하는 아이들이 많아 피자나 치킨 같은 배달음식을 시켜주기도 한다. 그런데 이 상가의 아이들은 어른만큼 차분하게 자리를 지켰다. 내가 빈소 앞에 어질러진 신발을 정리하고 있으니 한 아이가 호기심 어린 눈빛으로 다가와 자기도 돕겠다고 했다. 처음 겪는 일이라 당황하여 괜찮다고 했더니, 끝까지 자기가 하겠다고 사정을 해서 어쩔 수 없이 신발집게를 넘겨줬다. 조금 하다가 질리면 팽개치고 다른 데로 가겠지 했는데, 아이는 묵묵하게 저녁까지 맡은 일을 열심히 했다. 도대체 어떤 교육을 받으면 아이들이 이렇듯 반듯하게 자랄 수 있는 것인지 궁금했다.

　장례를 치르는 3일간은 한 가정 안에 들어가 있는 것과 마찬가지다. 단지 장소가 집에서 장례식장으로 옮겨졌을 뿐이다. 함께 지내다보면 집에서 하는 언행들이 고스란히 드러난다. 부부싸움을 하며 폭행까지 일삼는 모습도 보이고, 서로 질책하며 비난하는 소리들도 심심치 않게 듣는다. 하지만 화목한 가정의 요소들도 참 많이 배운다. 사소한 결정도 서로 차분히 상의해서 정하고, 큰 소리 나는 법 없이 시종일관 잔잔하게 흘러간다. 아이들이 잘못을 해도 윽박지르는 대신에 화나지 않은 얼굴로 다정히 다독였다. 장례 일을 한다는 건 나에겐 참 값진 일이다. 내 집에서도 다 배울 수 없는 이런 귀한 행복의 열쇠를 직접 목격할 수 있으니 말이다.

행복의 비결은 필요한 것을 얼마나 갖고 있는지가 아니라, 불필요한 것에서 얼마나 자유로운가 하는 것이다. 나보다 더 위에 견주면 모자라고 아래에 견주면 남는 것이 돈이다. 사람들은 흔히 돈이 있으면 저절로 가정이 화목해지고 마음도 넉넉해질 것이라 넘겨짚지만 내가 직접 본 바로는 그렇지 않았다. 물론 아낄 수 있는 것은 아끼는 합리적 소비를 폄하하는 건 아니다. 다만 장례에서도 작은 것에 정성을 담아 주고받는 삶의 태도를 잊지 않았으면 좋겠다는 것뿐이다. 영정 속 고인의 입장에서도 푸짐한 제사상보다, 화려한 꽃들보다 가족들의 화합과 우애가 더 아름다워 보일 것이다. 과한 체중을 줄이면 몸이 건강해지고, 욕심을 줄이면 마음이 행복해진다고 한다. 슬프고 경황없는 이별이지만 마음속 작은 여유를 베풀어 보는 것은 어떨까.

사실은
충전이었다

남들이 쉽게 하지 않는 일에 도전해보겠노라 용감하게 장례업계에 뛰어들었지만 몇 년이 지나자 나에게도 예기치 않은 슬럼프가 찾아왔다. 현장에서 겪었던 체력적인 부담과, 전화 응대를 하면서 들었던 고객들의 비난에 나도 모르는 새 가슴속 상처들이 뒤엉켜 짓무르고 있었나보다. 나만의 원대한 비전을 가지고 가족들의 반대까지 무릅써가며 여기까지 달려왔기에 나는 무조건 아파서는 안 된다고 생각했다. 지금보다 더 강해져야 한다고 다짐했다. 그런데 뚜렷한 원인도 찾지 못한 채 나는 철 지난 꽃처럼 시들어가고 있었다. 생동감은 사라지고 얼굴에는 그늘이 졌다. 슬픈 장면을 너무 많이 봐서 내 몸에 슬픔이 베어버린 걸까.

겉으로 멍이 들고 피가 나는 게 아니다보니 주위 사람들은 내가 아프다는 것을 알아채지 못했다. 굳이 티를 내고 싶지도 않았다. 상처를 받더라도 내색하지 않는 것이 미덕이라 여겼다. 짙은 우울감에 사로잡히자, 완충작용을 하던 마음속 연골이 닳아 없어졌다. 사소한 말에도 예민해지고 기분이 나빠졌다. 덩달아 온몸이 쑤시고 기운도 없었다. 충분히 유연하게 대처할 수 있는 문제임에도 뻣뻣하게 경직되어 있었다. 나를 바라보는 사람들의 눈빛이 점점 바뀌어갔다. '너만 힘드니? 혼자 유난이네. 참내'라고 숙덕이는 것 같았다. 그때부터 본격적인 통증이 시작됐다.

퇴근 후 반지하방에 돌아가면 까닭 없이 가슴이 답답해지고 눈물이 났다. 나름대로 열심히 해왔다고 자부했지만 하면 할수록 갈 길이 더 멀어 보였다. 넘을 수 없는 한계도 분명 있었다. 무엇이든 단번에 되는 건 없다는 위로를 받아도 내 자존심은 그걸 허락하지 않았다. 직장에서 인정을 받아야만 내 존재 가치가 증명된다고 생각했다. 쓸모없으면 버려질까 두려웠다. 간절히 원했던 일이라서 그 두려움은 더 컸다. 그러나 더이상 맛있는 음식을 먹어도 맛이 느껴지지 않고, 봄이 와도 감탄스럽지 않았다. 이대로는 안 될 것 같았다. 그해 봄에 나는 사직서를 냈다.

일을 그만두고 한동안은 집안에만 머물렀다. 장을 보거나 꼭 필요한 볼일이 있을 때를 제외하고는 방구석의 가구처럼 가만히 들어앉아 숨만 쉬었다. 사람들과 마주치지 않으니 당연히 상처받을 일도 없었다. 먹고사는 문제가 걱정되긴 했지만 밖으로 나갈 자신이 아직은 없었다. 방에 빛이 잘 들지 않아 컴퓨터를 켰다. 컴컴한 구석에서 모니터로 창밖의 세상을 엿보았다. '나만 빼고 다들 열심히 살고 있구나.' 나라는 존재가 너무도 작게 느껴졌다. 간간이 써오던 일기장도 죄다 찢어버렸다. 희망이 사라졌으니 곧 내 흔적도 지워지고 말 거라는 위협에 맞선 반항이었다.

그렇게 무기력한 일상을 보내던 중, 미동도 없던 휴대폰에 문자 메시지가 왔다.

잘 지내시죠? 작년 이맘때쯤 저희 어머니 장례를 치러주셨죠. 그땐 정말 감사했습니다. 정성껏 도와주신 덕에 어머니를 잘 보내드릴 수 있었어요. 그런데 첫 기제사를 준비하려니 직접 해본 적이 없어 막막하네요. 혹시 아주 바쁘지 않으시다면 전화로라도 조금 도와주실 수 있을까요?

가만히 읽어내려가니 느리게 뛰던 심장에 피가 빠르게

돌기 시작했다. 이내 어두웠던 방에 한 줄기 햇살이 비쳐들었다. 누군가 나를 기억해주고 도움을 청하고 있다. 그게 너무 고맙고 미안해서 이불에 얼굴을 묻고 한참을 울었다. 그때의 생기를 잃어버린 내가, 나약해져버린 내가 너무 부끄러워서 눈물이 났다. 동시에 나의 미약한 손길을 잊지 않아주셔서 고마운 마음도 들었다. 당장이라도 달려가 손을 부여잡고 감사 인사를 드리고 싶었다.

동굴 속에 있던 나는 내 안의 소리를 못 들은 척 외면했다. 맛있는 음식을 먹거나 멋진 풍경을 보았을 때 사랑하는 이의 얼굴이 떠오르듯, 일을 하지 않는 때에도 항상 머릿속에서는 장례 일이 떠나질 않았다. 그것은 분명 사랑이었다. 하지만 당장은 아프다는 이유로 다가서지 않았다. 다른 사람을 만나면 잊힐까 하여 다른 분야 일을 구해보기도 했지만 옛사랑을 쉽게 떨쳐낼 수 없었다. 이미 내 안에 너무도 깊숙이 자리하고 있었던 것이다.

결국 나는 장례 일을 지금까지도 계속하고 있다. 고기에 칼집을 내면 부드러워지듯 사람의 마음도 상처가 나면 유연해지나보다. 이제는 기분 나쁜 소릴 들어도 예전만큼 심란해지지 않는다. 나를 미워하고 괴롭혔던 일들을 그 자체로 인정해야 했다. 세상 모든 이가 나를 좋아할 순 없고, 세상 모든 일이 내 뜻대로 될 순 없다. 실패를 해도, 창피를 당해도 괜찮다. 오히려 고마운 일이다. 더 좋은 데로 나아갈 수 있는 격려라 생각하련다.

당시의 휴식기를 나는 철없는 방황이라 불렀지만, 서른이 훌쩍 넘은 지금에 와서 돌이켜보면 굉장히 값진 시간들이었다. 요즘도 가끔 힘에 부치는 순간을 만나면 그때를 떠올린다. 낭비가 아니라 사실은 충전이었던 셈이다. 모든 게 내 탓이라는 자책을 거두고 고통스러웠던 날들을 인생의 한 조각으로 인정하기까지는 시간이 걸렸다. 그 힘은 다른 곳이 아니라 내 안에 있었다. 어제의 나와 오늘의 내가 만나 내일의 내가 된다. 더는 주어진 환경에 아파하지 않고 내가 주도적으로 환경을 바꿔나가 더 나은 내일을 만들어갈 것이다.

정말
사랑했습니다

20대 후반의 나이에 이직을 위한 면접을 봤다. 동종업계 경력이 있긴 했지만 결혼적령기라고 일컫는 나이대인지라 긴장을 늦출 수 없었다. 아니나 다를까 2차 면접을 거쳐 마지막 관문인 최종 면접에서도 비슷한 질문 세례가 이어졌다.

"혹시 지금 남자친구 있어요?"
"결혼은 언제쯤으로 생각하시나요?"
"결혼을 하게 되면 출산은 언제 하실 건가요?"

당시는 안정된 직업을 갖고 돈을 버는 것이 더 시급했던 때라 결혼해서 가정을 이루고 싶다는 생각을 해본 적이 없었다. 지원 동기나 포부와 관련된 발언만 잔뜩 준비했는데 면접관들은 그런 것보다는 여직원의 업무 지속성이 더 중요하다고 판단하는 것 같았다. 물론 회사측으로선 간과할 수 없는 부분이다. 직원을 새로 들였는데 일 년도 채 지나기 전에 그만 결혼과 임신을 해서 긴 휴가를 가게 된다면 업무에 차질이 생길 것이다. 나는 잠시 말문이 막혔지만 면접관들을 더 지루하게 할 순 없었다.

"제가 만약 이 회사에 입사하게 된다면 향후 5년간은 시집을 안 가겠습니다."

심드렁한 표정으로 의자에 비스듬히 기대고 있던 네 명의 면접관들은 일제히 실소를 터뜨리며 자세를 바로잡았다. 그냥 결혼을 하지 않겠다는 선언보다 5년이라는 구체적인 기한을 제시하면 뭔가 신뢰를 줄 수 있지 않을까 하는 생각에서 던진 대답이었다. 하지만 어디 인생사가 마음먹은 대로 흘러가던가. 설령 5년 이내에 결혼을 한다 해도 그걸 이유로 내치진 않겠지 하는 속셈도 있었다. 그들도 내 의도를 이미 파악했기 때문에 어이가 없어서 웃었을 것이다. 당시엔 정말 결혼 생각이 없었기 때문에 그런 허무맹랑한 소리를 자신 있게 내뱉을 수 있었다. 그러나 결론만 말하자면 나는 구두로 약속한 5년간의 독신생활을 1년쯤 남겨놓고 청첩장을 돌렸다. 당시 면접관들에겐 따로 사과의 인사를 전했는데, 다들 흔쾌히 너털웃음을 지으며 축하해주셨다. 나의 독신 결심이 무너지게 된 결정적 사건도 역시 장례 일을 하는 중에 벌어졌다.

40대 여성이 암 투병을 하다 병마를 이기지 못하고 끝내 안치대 위에 누웠다. 조금 수척했지만 희고 고운 피부에 무척 아름다운 얼굴을 가진 여성이었다. 드라마에서 보던 중년 여배우가 연상될 정도로 기품 있는 모습을 마주하니 안타까움이 배가되었다. 아직 살아갈 날이 창창한데 이리도 빨리 데려가시다니. 곧이어 남편으로 보이는 50대 남성과, 초등학생 남자아이가 손을 잡고 들어왔다. 이미 어머니가 이별에 대해 무어라 깊은 가르침을 준 것인지, 어린아이인데도 울지 않고 의젓하게 서 있었다. 남편도 아내의 이른 죽음에 가슴이 찢어지겠지만 오열을 참고 침통한 얼굴로 묵묵히 지켜보았다.

이윽고 수의를 다 차려입은 그녀와의 마지막 인사를 나눌 시간이 왔다. 가족들만의 시간을 드리려고 내가 한 걸음 뒤로 물러서자 그는 조용히 다가가 아내 이마에 짧은 키스를 하며 말했다.

"정말 사랑했습니다."

그 말을 들은 순간 눈물이 나기 전의 전조증상도 없이 왈칵 울음이 솟구쳤다. 보통 코끝에 전율이 오거나, 눈이 시리거나 하는 예고가 있기 마련인데, 이상하게도 이날은 손등을 꼬집어 비틀 틈도 주지 않고 눈물이 솟구쳤다. 내가 왜 이러는지 이성적으로 납득이 되지 않았다. 비탄과 통곡의 틈바구니에서도 여태껏 잘 참아왔는데, 고작 저 두 마디에 이렇게 무너지다니. 부부의 헤어짐을 지켜보는 것도 처음이 아니다. 무엇이 내 마음을 그토록 요동치게 한 것일까.

그의 떨리는 음성엔 진심이 배어 있었다. 물론 모든 사람이 고인 앞에서는 다 진실해진다. 하지만 땅을 구르며 울부짖는 곡소리보다, 수의의 앞섶을 끌러내며 매달리는 몸부림보다 그것은 더 강렬했다. 그 고백의 한마디는 타종 이후 귓전에 한참 맴도는 청아한 울림처럼 오래도록 내 마음을 때렸다. 그때 나는 고민에 빠질 수밖에 없었다. 마침내 죽음 앞에 무엇이 남는가? 화려한 명성인가, 덜 입고 덜 먹어 모은 돈다발인가. 그래, 결국 사람이다. 결국 사랑이다.

비록 예기치 않은 순간에 세상을 떠난다 해도 정말 사랑했노라고 말해줄 한 사람이 옆에 있다면 마냥 슬프지만은 않을 것 같다는 생각이 들었다. 긴 이별의 문턱 앞에 섰지만 그의 진심 어린 고백을 받은 그녀가 행복해 보이기까지 했다. 만약 내가 오늘 죽는다면 이와 같은 이별을 할 수 있을까? 또한 나는 누군가의 죽음 앞에서 그와 같은 말을 할 수 있을까? 이런저런 상념 끝에 나 역시 반려자를 만나 가정을 꾸리게 되었다. 여느 신혼들처럼 자주 다투고 토라지긴 하지만, 항상 그때 그 순간의 감정을 잊지 않으려고 노력한다.

주말 저녁 거실에 누워 영화를 보다가 남편에게 엉뚱한 말을 던졌다.

"오빠. 만약에 나 죽으면 어떻게 할 거야?"

"따라 죽지 뭐."

"흥, 거짓말."

남편은 대수롭지 않다는 듯 싱겁게 대꾸했다. 죽음이라는 사건은 먼 훗날에 벌어질 일이라서 심각하게 고민할 필요성을 못 느낀 걸까. 그렇다고 신혼의 단꿈에 빠진 그에게 '죽음은 때와 장소를 가리지 않으니 미리미리 준비해야 한다'고 일장연설을 할 수도 없는 노릇이다. 그의 대답이 과연 진실인지 아닌지는 알 길이 없지만 내심 기분이 나쁘진 않았다. 흔한 대사처럼 한날한시에 떠나면 참 좋으련만. 둘 중 누군가를 먼저 보내야 할 날이 오면 반드시 그날의 상주님처럼 내가 그에게, 그가 나에게 꼭 말해주면 좋겠다.

정말 사랑했었다고.

사랑 그리고
기억

회원이 늘어감에 따라 회사는 계속해서 경쟁사와 차별화될 수 있는 아이디어를 요구했다. 으레 하는 장례 절차에 구애받지 말고 좀더 획기적인 발상을 하라고 했다. 그렇다고 비용이 너무 많이 들어가면 고객에게 부담이 될 수 있다. 돈은 적게 들면서 고객을 위로할 수 있는 서비스로 무엇이 있을까. 굉장히 어려운 숙제다.

회의를 하는 도중 누군가 불쑥 의견을 내밀었다. "결혼식을 할 때는 사진도 찍고 비디오도 찍어서 보관하는데 왜 장례식은 흔적을 남기려 하지 않을까요?" 글쎄. 그것에 관해선 딱히 생각해본 적이 없었다. 슬프고 아픈 기억을 담아두기 버거워서일까, 아니면 기록을 남기고 싶어도 적절한 절차와 장치가 없어서일까. 단순한 발상에서 출발했지만 우리는 이것을 부가 서비스로 구체화해보려 했다. 기획을 하면서도 내심 '이걸 누가 이용하겠어? 장례식을 찍어뒀다가 어디에 쓰려고'라는 생각이 앞섰다. 나조차도 죽음의 예식을 터부시하는 편견에서 자유롭지 못했다.

초기에는 사진을 찍어 앨범으로 제작해드리는 서비스를 시행했다. 전문 사진작가가 3일 동안 상주하며 장례 전반을 사진으로 담아 웨딩앨범처럼 두껍고 고급스러운 사진첩으로 만들어드린 것이다. 얼마간의 추가 비용이 발생하다보니 작은 상가보다는 규모가 큰 상가를 중심으로 안내해드렸다. 예상외로 찾는 고객들이 종종 있었다. 사진작가는 장례식을 찍어보긴 처음이라며 낯설어했다. 결혼식장에선 연신 터지는 카메라 플래시도 어색하게 느껴지지 않지만, 슬픔이 가득한 공간에서 카메라를 들이대기란 무척 조심스러운 일이다. 작품을 위해선 작가도 검은 정장을 입은 채 가족들의 눈물과 조문객들의 애도에 동참해야 했다.

그렇게 해서 완성된 앨범은 한 달 정도의 제작 기간을 거쳐 상주님들의 품에 안겼다. 그런데 사진을 받아든 고객들은 고인과 가족들의 모습보다는 사회적으로 성공한 지인이나 저명한 인사들의 방문을 선명하게 기록해주길 원했다. 본래의

취지에서 벗어나 빈소 앞에 세워진 보여주기식 화환의 일종
이 된 것 같아 약간은 아쉬웠다. 고인의 생전 업적이 대단하거
나, 유가족 중 요직에 있는 분이 계시면 오시는 손님들도 유명
한 분들이 많을 수밖에 없다. 그 손님들의 격이 한 가정의 성
공을 대변한다고 여기기도 한다. 그러나 앨범 속의 고인과 관
련된 사진은 화려한 제단 속에 묻힌 영정사진 한 장뿐이었다.
고인의 생전 모습이나 추억들이 담긴 페이지가 조금 더 많았
더라면 어땠을까. 괜스레 송구하고 서운한 마음이 들었다.

　　앨범 제작 서비스가 고객들 사이에 널리 알려지면서 장
례를 기록하는 문화도 점차 익숙해지고 있다. 한 고객은 영상
을 촬영해주길 원했다. 장례식을 비디오로 찍는 것은 회사 안
에서 논의만 되었지 실제로 그런 요청을 받게 될 거라곤 상상
도 못했다. 결코 흔한 일은 아닐 것이다. 이번에는 작가가 기
다란 삼각대와 녹화 기능이 있는 큰 카메라를 챙겨왔다. 평소
엔 보기 힘든 장비들이 빈소 앞에 설치되니 지나가는 사람들
이 혹시 연예인이 왔나 해서 기웃거리기도 했다. 새로운 인연
의 탄생인 결혼식의 행복한 미소도 소중하지만, 사랑하는 사
람과의 마지막 이별 장면도 두 번 다시 볼 수 없는 귀한 순간
이다. 가족들은 그 의미를 분명히 알고 있었다.

　　입관식을 촬영할 땐 어느 날보다 긴장되었다. 카메라를
의식하지 않으려 애썼지만 식은땀은 여지없이 등을 타고 흘

러내렸다. 앨범을 만들 때는 일부러 입관 모습을 담지 않았는데, 가족들은 꼭 예식을 처음부터 끝까지 촬영하길 원했다. 나중에 손자손녀들에게도 할아버지의 마지막 순간을 보여주고 싶다면서. 가족들 전부가 장례 기획자가 된 것 같았다. 직원이 말하는 것을 고객이 듣고 따라 하는 장례가 아닌, 고객이 말하는 것을 직원이 듣고 이행하는 장례가 진행되고 있었다. 굳이 사무실에서 머리를 싸매고 고심할 필요가 없었다. 모든 해답은 현장에 있었다.

입관이 중반부까지 흐르자 아들이 조심스레 다가와 잠시 시간을 달라고 했다. 어머니가 간밤에 아버지를 그리며 쓴 편지를 읽어드리고 싶다고 했다. 직원들은 자리를 비켜드렸고, 가족들은 두 손을 공손히 모아 어머니를 앞으로 모셨다. 백발이 성성한 어머니는 두꺼운 안경을 코끝에 걸치고 한 글자씩 떨리는 목소리로 읽어내려갔다.

여보. 당신을 만나 어언 오십 년을 살았네요. 그동안 뭐가 그리 바빴는지 허리 한 번 못 펴고 힘들게 살았어요. 젊은 날 고생만 한 당신께 미안합니다. 아들한테는 걱정 말라고 겉으로는 말해도 지금도 당신이 너무나 그리워요. 자식들도 잘 커서 이제 행복해질 일만 남았는데 이리도 성급하게 떠나시는지요. 이렇게 빨리 가실 줄 알았더라면 더 잘해줄걸 후회가 되네요. 살아서는 편지 한 통 못했는데 이제야 몇 자 적어보는 나를 용서해주세요. 당신 말대로 남은 날들 꿋꿋이 살다가 당신 곁으로 갈게요. 만나면 그간 못했던 이야기 많이 나눠요. 그때까지 변치 말고 날 꼭 알아봐줘요.

지켜보던 가족들과 직원들의 눈가가 촉촉하게 젖어들었다. 제자리로 돌아간 어머니는 주머니에서 손수건을 꺼내 입에 대고 조용히 흐느꼈다. 그러자 며느리가 어머니의 굽은 어깨를 따스하게 감쌌다. 그들은 온기를 나누며 서로를 위로했다.

장례 일을 배울 때인데, 한 선배는 마지막 인사를 나눌 시간에 가족들에게 이렇게 말했다.

"고인분이 이미 눈을 감고 입을 다물었어도 귀는 가장 마지막에 닫힌다고 합니다. 마지막으로 꼭 하고픈 말씀 있으면 아끼지 마시고 지금 해주세요."

하지만 가족들로서는 미처 준비할 경황이 없는지라 대개 한두 마디 짧은 인사를 건네고 나머지는 울음으로 대신하곤 했다. 그런데 이 가족은 미리 편지를 준비하신 덕에 먼 훗날에 되새겨도 후회 없을 이별을 맞이할 수 있었다. 그 지혜와 용기에 감탄을 금할 수 없었다. 진정 고인을 추모하는 장례가 바로 이런 것일까. 수많은 지침서와 매뉴얼보다 고객이 가장 큰 스승이다.

남편이자 아버지의 죽음을 잊지 않으려는 그들의 노력은 어떤 시보다도 감동적이었다. 기쁜 날도 슬픈 날도 다 인생의 한 조각이다. 겹겹이 쌓인 시간들을 기억할 때 그것은 다시 꽃으로 피어나 삶에 향기를 불어넣는다. 검은 머리카락이 하얗게 변하고 허리가 둥글게 굽을 미래의 그 시간에 나는 어떤 후회와 어떤 사랑을 하고 있으려나. 영원할 것처럼 곁에 있던 사람이 갈잎처럼 저물어갈 때 나는 어떤 인사를 할 수 있으려나. 곰곰이 생각에 젖어드는 밤이다.

육감
노동자

"저놈이다! 저놈이 우리 엄마를 죽이러 왔다!"

선배가 빈소에 도착하자마자 들었던 말이다. 한손에 서류 가방을 든 채 신발을 벗느라 엉거주춤하고 있는데, 앉아 있던 상주 중 한 명이 삿대질을 하며 고래고래 소리를 질러대는 게 아닌가. 이게 무슨 상황일까. 주위에서 말리는 척은 하지만 그다지 신경쓰지 않는 눈치다. 알고 봤더니 그 여상주의 직업이 무속인이라고 했다. 전통 상례에서는 입관을 하고 나서야 비로소 고인의 죽음을 인정했다. 입관은 산 자와 죽은 자가 처음으로 격리되는 순간이기에 보통 그 시점부터 곡을 한다. 선배는 입관을 하러 왔는지라, 옛 시절의 기준으로 보자면 어머니의 죽음을 공식적으로 인정하기 위해 온 사람이 맞았다. 그는 당시를 회상하며 '아마 모르긴 몰라도 그 여자는 꽤나 용한 무속인이었을 거야'라며 미소를 지었다.

감정노동의 직업별 실태를 다룬 한 보고서에서 익숙한 단어를 발견했다. 감정노동을 많이 하는 직업 30선을 보면 항공기 승무원, 홍보 판촉원, 이동통신기 판매원에 이어 장례지도사가 네번째였다. 감정노동emotional labor이란 '많은 사람들의 눈에 보이는 얼굴 표정이나 몸짓을 만들어내기 위하여 감정을 관리하는 일'이라고 정의한다. 감정노동을 장기적으로 한 사람들의 상당수가 스트레스 누적으로 인한 '스마일 마스크 증후군'을 비롯하여 정신적으로나 육체적으로 심각한 질병에 노출된다고 한다. 장례지도사는 아마도 웃는 얼굴이 아니라 웃지 못하는 얼굴 증후군에 걸렸는지도 모르겠다. 실제로 장례식장에서 벌어지는 일들은 늘 새로워서 좀처럼 익숙해지기가 어렵지 않은가. 늘 감정을 숨겨야 한다는 것은 여러 모로 고역일 때가 많다.

입관을 끝내고 오후에 한숨 돌리고 있는데 갑자기 둘째 상주가 슬리퍼를 벗어던지며 급히 달려왔다.

"우리 어머니가 입고 있던 옷! 그 옷 어디 있어요?"

"아 그거요. 수의 입혀드리기 전에 폐기물 봉지에 넣어 처리했습니다."

"네? 그걸 버렸단 말이에요? 왜 마음대로 버려요?"

"입관 전에 상주님들에게 먼저 여쭤봤는데 버려도 된다고 하셔서……."

"전 그런 적 없어요. 그거 어머니가 좋아하시던 옷이라 꼭 간직하려고 했는데. 버리라고 한 적 없다고요. 가져다주세요."

이런 상황을 예방하기 위해서 입관 전에 반드시 고인이 지녔던 옷가지나 물품들을 확인시켜드리고 어떻게 처리할 것인지 의논한다. 하지만 상담에 참여하지 못했거나 심경이 바뀐 경우에는 정말 난감하다. 이미 그 고인을 모신 후로 서너 팀이 입관을 한지라 쓰레기 봉지도 많이 쌓였을 것이다. 보통 한 팀이 입관을 하면 허리춤까지 오는 대형 쓰레기 봉지의 반절이 차오른다. 이미 버려서 어쩔 수 없다고 발을 빼자니 간절한 상주의 표정이 눈에 아른거린다. 하는 수 없이 장례식장측에 양해를 구하고 쓰레기 봉지가 쌓여 있는 집하장으로 갔다.

입관실에서 나온 쓰레기 봉지 안에는 고인의 몸에서 나온 각종 분비물을 닦은 솜과 같은 병원성 감염이 우려되는 것들이 많다. 마스크와 장갑을 끼고 봉지를 일일이 열어 뒤지기 시작했다. 알 수 없는 액체와 지독한 냄새가 나를 집어삼키는 것 같았다. 쪼그려 앉아 굶주린 도둑고양이마냥 봉지를 헤집고 있자니 내가 지금 뭘 하고 있는 건지 자괴감마저 들었다. 세 개쯤 풀어헤쳤을까, 오전에 보았던 눈에 익은 색깔의 옷이 모습을 드러냈다. 드디어 찾았다. 다행히도 심하게 더럽혀지진 않았다. 내 옷을 털기 전에 고인의 옷부터 깨끗하게 털어서 봉지에 담아 상주님에게 가져다드렸더니 안도의 한숨을 내쉬었다. 가끔 이런 뜻밖의 상황에 처할 때면 놀란 짐승처럼 온몸의 털이 곤두선다.

어느 업종이든 고객 응대 매뉴얼이 마련되어 있다. 그러나 실제로 현업에 종사하다보면 매뉴얼의 범주를 넘어서는 일들이 의외로 많이 벌어진다. 감정노동은 기본적으로 타인과의 관계를 전제로 하고 타인이 원하는 언행을 위주로 하는 경우가 많기 때문에, 이런 맥락에서 대인관계 능력과 감정노동이 서로 얽히게 된다. 그러나 표면적인 관계에 그치지 않고 진짜로 유가족과의 관계를 형성하려면 진심이 통해야 한다. 갑작스러운 상황에 제대로 대응하려면 많은 공부와 노하우가 필요한 것도 사실이다. 하지만 설령 경험이 부족할지라도 고객이 왜 그런 요구를 했는지 귀를 기울이고 고객의 마음에 공감할 때 비로소 문제가 해결되기도 한다.

서비스 교육을 받을 때 들었던 일화를 하나 소개하고 싶다. 한 통신사 상담센터로 민원이 접수되었다. 어린 여성이 언니의 휴대폰을 해지해달라며 고집을 부렸다. 강화된 개인정보보호법으로 인해 아무리 친족이라도 본인이 아니면 함부로 해지할 수 없는 것이 원칙이다. 그러나 이 여성은 상담원의 말을 듣지 않고 계속 떼를 썼다.

"아니, 몇 번을 말해요. 그냥 해지해달라고요. 해지!"

"고객님. 정말 죄송합니다만 본인이 아니면 서비스 해지가 어렵습니다. 언니분께서 직접 저희 쪽에 전화를 주시면 해지 절차를 자세히 안내해드리겠……."

"어휴. 밀린 게 있으면 돈 다 낸다고요. 안 쓰니까 그냥 없애달라는데 그게 뭐 그렇게 어렵다고 진짜! 우리 언니 죽었다고. 이 세상에 없다고요!"

"네? 고객님. 죄송합니다. 그러면 필요한 서류를 안내해……."

"아 됐고. 그냥 해지해달라고요. 오늘 중으로 꼭 해놔요. 내가 확인할 테니까!"

막무가내인 고객은 본인이 할 말만 내뱉고 전화를 거칠게 끊어버린다. 해지를 요청한 번호의 명의자가 사망한 모양이다. 그래도 고객의 말만 듣고 해지해드릴 순 없다. 사망진단서나 가족관계증명서 등 증빙 서류가 필요하다. 그래서 당장은 도와드릴 수 있는 방법이 없기에 손을 놓고 있었다. 그런데 아니나 다를까 다음날 또 그녀에게서 전화가 왔다.

"여보세요? 아직 이 번호 해지 안 됐던데. 어떻게 된 거예요? 왜 안 해주냐고요!"

"아 고객님. 저 그게. 일단 서류가 있어야……."

"어허 참. 이리 내. 이리. 흠흠. 아 저, 제가 애비 되는 사람인데요, 소란스럽게 해서 미안합니다. 다름이 아니라 저 녀석이 저렇게 화를 내는 게, 실은 애 언니가 몇 달 전에 갑자기 사고로 떠났어요. 그런데 애들 엄마가 그때부터 집에서 다른 건 아무것도 안 하고 애 언니 핸드폰 번호로 계속 전화를 거는 거예요. 어차피 받을 사람도 없는데 왜 저러나 싶어서 저도 한 번 걸어봤는데, 글쎄. 통화 연결음으로 딸애 목소리가 나옵디다. 세상 밝은 목소리로 인사를 하는데……. 그 목소리 듣겠다고 하루에도 수십 번씩 전화통만 붙들고서 울고 있으니, 작은 애가 옆에서 보기 괴롭다고 그만 좀 하라고 난리를 치네요. 허 참. 사정이 이렇게 됐습니다. 조금만 이해를 해주세요. 없애는 건 다음에 내가 천천히 할 테니까 당분간은 그냥 놔두세요."

이제는 더이상 들을 수 없는 딸아이의 해맑은 목소리를 한 번이라도 더 들어보려고 울먹이며 같은 번호를 누르고 또 누르는 어머니와, 그 모습을 보며 애가 타는 동생을 떠올리니 가슴이 먹먹해졌다. 청천벽력 같은 자식의 죽음을 온전히 받아들일 수 없는 부모와, 그 부모를 걱정하는 또다른 자식의 애환을 알고 나니 왜 그녀가 그리도 날카롭게 화를 냈는지 이해가 되었다. 입장을 바꿔놓고 보면 나라도 그러지 않았을까. 이처럼 상실에 잠긴 유가족을 대할 때는 많은 이해와 관용이 필요하다.

장례지도사로 일하다보면 때론 육체와 감정이 고초를 겪기 마련이지만, 그 노동에 가치를 느낀다면 그것으로 충분하지 않을까. 슬픈 이별의 시간에 한 손길이나마 작은 도움이 될 수 있다면 그것으로 족하다. 서러운 마음은 속 깊이 잠재우고 겉으로는 선한 얼굴로 천천히 걷다보면 어느덧 상처 위에 석양이 내리쬐지 않을까. 이제 와 새삼스레 힘든 내색은 하지 않으련다.

마음에서
마음으로

장례도 결국 서비스업이다. 그런데 장례식장에 CS, 즉 고객 서비스라는 개념이 도입된 지는 그리 오래되지 않았다. 다른 서비스 업종과 마찬가지로 고객을 상대하는 분야임에도 정작 고객은 자기 부모님의 시신을 맡기기 때문인지 어떤 요구사항이나 불만이 있어도 쉽게 말을 꺼내지 못했다. 혹시나 장례식장 직원들을 함부로 대했다간 부모님에게 무슨 짓을 할지 모른다는 막연한 두려움 때문이었을까. 그런데 요즘은 많이 달라졌다. 상조 서비스의 확산으로 인해 고객 유치를 위한 서비스 경쟁이 붙었다. 속전속결로 마무리되던 틀에 박은 입관식도 저마다 차별화된 서비스를 선보이는 쪽으로 바뀌었다.

또한 고객을 대하는 기본자세도 고압적인 데에서 이제는 먼저 찾아가는 서비스로 바뀌었다.

친지의 장례를 위해 한 식장에 고객으로서 방문한 적이 있다. 물어볼 게 있어서 관리사무실로 들어가니 늦은 시간이어서 그런지 남직원 한 명이 홀로 앉아 있었다. 그는 잠깐 눈을 붙이고 있었는지, 문 여는 소리에 눈을 반쯤 뜨고는 나를 게슴츠레 쳐다보았다. '피곤해죽겠는데 뭘 또 해달라고 온 건가' 하는 표정이었다.

"저, 혹시 여기 빈소에 이불도 빌려주나요? 어르신들 이불이 조금 부족해서요."

"없어요."

"그럼 혹시 파는 데는 있나요?"

"매점에 물어보세요."

그와의 대화는 매우 간결했다. 머쓱해진 나는 뒷걸음질을 치며 조용히 문을 닫았다. 더 물어봤다간 볼멘소리를 들을 것 같아 두려웠다. 빈소에 돌아가 "여기 되게 불친절한 것 같다"며 투덜대자, 이모는 "그래도 어쩌겠니. 아무 소리 하지 마라 얘. 괜히 지장 있으면 어쩌니" 하며 겁을 내셨다. 그간 장례업계에 종사하면서 생각지도 못했던 일이었다. 설마 나를 대했던 고객들의 마음도 이랬을까?

현재 나는 한 장례식장에 근무하고 있다. 내부적으로는 CS 담당이라 하지만, 사실 나에겐 버거운 자리이다. 흔히 고객 서비스 전문가라고 하면 호텔 직원이나 항공기 승무원처럼 항상 입가에 미소를 머금고 있는 여성을 떠올린다. 나는 이와는 거리가 멀다. 오히려 이곳에 있으면서 친절에 대해 많은 것을 배운다. 고객이 사무실에 들어오면 자리에서 벌떡 일어나 "무엇을 도와드릴까요?"라고 먼저 인사한다. 또 총책임자가 하루에 무조건 한 번씩은 각 빈소를 돌면서 혹여 불편한 점이나 더 필요한 것은 없는지 살핀다. 그리고 상가별 고객 만족도를 조사해서 통계를 내어 사업 계획에도 반영한다. 예전 같으면 기대할 수 없었던 서비스들이다. 아직은 규모가 큰 시설 위주로 점진적으로 개선되고 있지만 앞으로는 이와 같은 세심한 돌봄 문화가 널리 퍼질 것이다.

그런데 과연 정형화된 말과 행동을 규정대로 준수하는 것만이 고객 서비스일까. 물론 깨끗한 정복을 입고 허리를 깊이 숙여 인사를 건네는 것도 훌륭한 자세임은 분명하다. 어느 업종이든 서비스 교육이라면 이와 같은 내용의 훈련을 받는다. 나는 고객 서비스에서 '감탄'과 '감동'의 차이가 무엇일까 고민

했다. 회사가 큰 틀로 설계해놓은 고객 응대 규칙에 맞추어 구성원 전부가 통일된 서비스를 절도 있게 하면 감탄을 하게 된다. 하지만 때로는 규정의 범주를 벗어났음에도 감동을 느끼는 경우가 있다. 그렇다면 어떤 경우가 감동적인 순간일까?

나이 지긋한 노인이 남편의 장례를 치르기 위해 식장에 들어왔다. 빈소 안내를 받은 후 장례에 필요한 용품을 고르기 위해 전시실을 방문했다. 자녀는 따로 없다고 했다. 끝을 흐리시는 걸 보니 무언가 말 못할 사정이 있는 것 같았지만 캐물을 수 없었다. 집안의 대소사를 이렇게나 야윈 할머니 혼자서 감당해야 하다니, 가뜩이나 굽은 어깨가 더 졸아들어 보였다. 직원은 늘 그렇듯 가격대별로 전시된 수의에 대해 설명한다. 묵묵히 듣기만 하던 할머니가 주름진 손으로 빈 주머니를 뒤지며 안절부절못한다.

"아이고오. 생각보덤 비싸네유."
"아 그러세요? 그럼 더 저렴한 걸로 보여드릴까요?"
"하이고 아니 그게, 별수없지유. 실은 영감 수의를 해놓은 것이 있는디, 그걸 영감이 장롱 우에 구석진 데다 올려논 바람에 내가 꺼낼 수가 없어서 기냥 왔시유. 의자를 딛고 올라가볼까 그래도 나는 원체 키가 작고 허리가 아파서 못 꺼냈슈.

휴. 기냥 사서 해야지유 뭐."

"……할머니. 제가 그 수의 꺼내드릴게요."

사실 직원 입장에선 수의를 하나라도 더 판매하는 것이
실적에도 도움이 될뿐더러, 바쁜 일정에 고객의 집까지 차를
몰고 다녀오게 되면 업무에 차질이 생긴다. 한 명이 자리를 오
래 비우면 같이 근무하는 동료의 업무가 늘어날 수도 있다. 하
지만 이 직원은 주위의 원성을 감내하고서라도 할머니의 딱한
사정을 도와드리고 싶었다. 서비스 매뉴얼에는 이런 상황에
대한 지침이 없다. 그저 마음이 동하는 대로 움직일 뿐이다.

허름한 단칸방에 들어가 삐걱거리는 의자를 딛고 먼지가
소복이 쌓인 수의를 꺼내드리자 할머니는 눈물을 글썽이며
연신 감사하다는 말을 하셨다. 이 직원의 결심이 아니었다면
여유롭지 못한 살림에 큰돈이 나갈 뻔했다. 그보다 할아버지
를 위해 미리 준비한 수의를 눈앞에 두고도 입혀드리지 못한
다면 그 또한 한으로 남았을 것이다. 슬픔에 빠진 유가족을 위
로하기 위해서는 격식 있는 장소와 음식도 필요하지만, 고객
의 마음을 알아주고 감응해주는 것이 더 중요하지 않을까. 고
객 만족에는 정해진 답이 없다. 그들의 아픔을 미약한 손으로
나마 감싸주는 것밖에는.

하루는 도시 변두리에 있는 자그마한 장례식장에 일을 하러 나갔다. 잠깐 사무실에 앉아 차를 마시고 있는데 밖에서 화가 잔뜩 난 남성의 욕설이 메아리쳐 들려왔다.

"에이씨. 쌍년. 나쁜 년. 기어코 뛰어내렸어. 독한 년. 이거 놔 이거. 놓으라고."

벌겋게 술에 취한 남자와 그를 저지하는 두 여자가 실랑이를 하고 있었다. 무슨 일인지 사무장에게 슬쩍 물어보니 여고생이 인근 아파트에서 투신을 했다고 한다. 딸의 자살 소식을 알게 된 아버지는 울화가 터졌고, 어머니와 여동생은 울먹이며 그의 난동을 말리고 있지만 역부족이다. 가정의 불화나 부모님과의 갈등이 도화선에 불을 붙였을까. 자세한 내막은 알 수 없지만 그는 부모로서 엄청난 배신감을 느끼고 있었다. 이윽고 남자가 사무실 유리문을 부술 듯이 열고 들어와 고함을 쳤다.

"야. 이년은 수의니 뭐니 그딴 것 하나도 하지 마. 그런 거 입을 자격도 없어."

"여보. 흐흐흑. 제발 좀 조용히……."

"아 됐고. 어 그래 그거. 관. 화장하려면 그건 있어야 되니까. 그거 하나만 딱 하고 나머진 아무것도 사지 마. 알겠어? 나 몰래 샀다간봐, 아주."

그는 아내를 찌를 것처럼 삿대질을 하더니 콧김을 내뿜으며 밖으로 나갔다. 한없이 작아진 어머니가 죄송하다고 사과를 하고 어린 딸의 부축을 받으며 쓸쓸하게 사라졌다. 아수라장을 지켜보던 사무장이 한숨을 쉬며 다른 직원을 불러세웠다.

"영길아. 잠깐만. 어휴. 아무리 자식이 먼저 가서 성이 났다지만 그래도 그렇지. 저기 그때 입관 연습한다고 꺼내놨던 수의 있지? 그거라도 입혀드려. 어떻게 수의도 안 입고 관에 들어가냐. 알았지? 이따가 입관 때 알아서 잘해드려. 어떻게 애비란 사람이 저렇게 매정하냐."

고객이 돈을 내지 않을 걸 알고도 사무장은 선뜻 수의를 내주었다. 아무리 부모보다 앞서 떠나는 게 불효 중 으뜸이라지만 장례식장 입장에선 여고생도 한 명의 귀한 고객이다. 아버지도 너무 감정이 걷잡을 수 없이 격해져서 그리 했지, 찢어지는 마음은 매한가지일 것이다. 그저 고통을 표현하는 방식이 다를 뿐이다. 사무장은 직원이기 이전에 똑같이 아이를 둔

아버지의 입장에서 그를 헤아렸다. 언젠가 딸의 죽음을 잔잔히 기리게 될 즈음 후회로 남을 일 하나를 덜어준 셈이다.

문득 감동은 보여주는 것이 아니라 보이는 것이란 생각이 들었다. 억지로 연출해서는 사람들의 마음에 물결이 일지 않는다. 표면적인 고객의 요구사항뿐만 아니라 그 이면의 바람과 아픔을 이해하며 그들과 관계를 맺을 때 비로소 참된 소리가 들리고 진심이 보인다. 감동은 머리가 아닌 마음에서 마음으로 전해진다.

밤하늘에 빛나는 별을 보고 갈 곳을 정하는 항해사처럼 나 또한 이런 감동 사례들을 항상 되새긴다. 언젠가 내 몸에 들어와 발현될 순간을 고대하며. 황망한 죽음 앞에서 장례를 지도하는 사람이 아닌, 고객의 마음을 따사로이 어루만져줄 수 있는 사람이 되고 싶다.

시간이 제각기 흐르듯,
멈춤도 제각각이다

누군가 많고 많은 직업 중에 왜 하필 장례 일을 하냐고 물어오면 되받아칠 마땅한 대답이 떠오르지 않는다.

고령화로 인한 장례 수요가 늘다보니 열심히만 하면 먹고사는 데 지장은 없을 것이라는 현실적 계산도 직업 선택에 한몫했다. 부정할 순 없지만 사실 결정적인 이유는 나라는 사람 자체일지 모른다. 언제부턴가 사람은 왜 태어났으며 결국 어디로 가는지에 대한 물음에 갈증을 느꼈다. 종교나 철학 서적을 뒤지며 사색에 빠진 채 청춘의 한때를 보내면서도 동시에 어떻게 살 것인가에 대한 공포를 떨쳐내지 못해 힘들어하던 내가 있었다.

죽음은 우연히 찾아왔다. 감히 예상치도 못한 길이었다. 그러나 고인을 모시는 시간 동안 삶은 굳게 닫혀 있던 내 물음에 답하기 시작했다.

'어떻게 살 것인가?'

글쎄, 죽음이란 무엇인가 하고 묻는다면 여전히 '모른다'고 답할 것이다. 죽음을 통해 죽음을 알 수는 없었지만, 삶은 더없이 명확해졌다. 어쩌면 삶이라는 시간의 명료함이 죽음이 말하고자 하는 메시지일지도 모른다. 그런 얘기는 누구나 할 수 있다고 말할 것이다. 이 글을 쓰는 나조차도 진부한 해석임을 인정한다. 그러나 나와 당신의 차이라면 죽어가는 사람 혹은 죽어 있는 사람을 다뤄본 경험의 차이가 아닐까. 서서히 호흡이 멈추고, 체온이 식어가며 굳어가는 육체의 죽음을 통해 관념적인 죽음을 실재적인 죽음으로 인식하게 되었다. 죽음은 삶의 의미를 일깨우는 더할 나위 없는 가르침이었다.

이 책이 당신에게 조금은 무겁게 다가가도 좋겠다. 오늘이 가면 내일이 오고, 만남 뒤에는 끊임없이 새 인연을 만나게 될 것이라는 느긋한 삶의 관성을 흔들어놓는 계기가 되었으면 한다. 오늘은 언제든 멈출 수 있고 우리의 시간은 제각기 흐르고 있다는 사실을 한 번쯤은 되새겨보길 바란다. 시간이 제각기 흐르듯, 멈춤도 제각각이라는 사실을.

이 별에서의 이별

장례지도사가 본 삶의 마지막 순간들

1판 1쇄 2018년 6월 18일
2판 1쇄 2022년 10월 17일

지은이 양수진

편집 최연희 정소리
디자인 YJ 이효진
마케팅 김선진 배희주
브랜딩 함유지 함근아 김희숙 고보미 박민재 박진희 정승민
제작 강신은 김동욱 임현식 | **제작처** 영신사

펴낸곳 (주)교유당 | **펴낸이** 신정민
출판등록 2019년 5월 24일 제406-2019-000052호

주소 10881 경기도 파주시 회동길 210
문의전화 031.955.8891(마케팅) 031.955.2680(편집) 031.955.8855(팩스)
전자우편 gyoyudang@munhak.com

인스타그램 @thinkgoods | **트위터** @thinkgoods | **페이스북** @thinkgoods

ISBN 979-11-92247-48-9 03810